성공은 열심히 노력하며 기다리는 사람에게 찾아온다.
― 토머스 에디슨

이 사악한 세상에서 영원한 것은 없다. 우리가 겪는 어려움조차도.
— 찰리 채플린

사랑은 눈으로 보지 않고 마음으로 보는 거지.
— 윌리엄 셰익스피어

한 인간의 인격을 시험해보려면 그에게 권력을 주어보라.
— 에이브러햄 링컨

운수 좋은 날 · B사감과 러브레터

책임편집 박덕규

경희대 국어국문학과를 졸업하고 단국대 대학원 문예창작학과에서 박사학위를 받았다. 현재 단국대 문예창작학과 교수이다. 시집 『아름다운 사냥』, 소설 『함께 있어도 외로움에 떠는 당신』 외 다수가 있으며, 평론집 『문학공간과 글로컬리즘』이 있다.

한국 문학을 읽는다 08

운수 좋은 날 · B사감과 러브레터 외

1판 1쇄 2013년 8월 20일
1판 4쇄 2019년 4월 20일

지은이 · 현진건
펴낸이 · 김화정
펴낸곳 · 푸른생각
책임편집 · 박덕규 | 교정 · 김소영

등록 · 제310-2004-00019호
주소 · 경기도 파주시 회동길 337-16
대표전화 · 031) 955-9111(2) | 팩시밀리 · 031) 955-9114
이메일 · prun21c@hanmail.net
홈페이지 · www.prun21c.com

ⓒ 푸른생각, 2013

ISBN 978-89-91918-30-6 04810
ISBN 978-89-91918-21-4 04810(세트)

값 11,000원

청소년의 꿈과 미래를 위한 양서를 만들고 있습니다.
잘못된 책은 푸른생각이나 구입처에서 교환해 드립니다.
이 도서의 국립중앙도서관 출판예정도서목록(CIP)은 서지정보유통지원시스템 홈페이지(http://seoji.nl.go.kr)와 국가자료공동목록시스템(http://www.nl.go.kr/kolisnet)에서 이용하실 수 있습니다. (CIP제어번호 : CIP2013014619)

한국 문학을 읽는다 08

운수 좋은 날·
B사감과 러브레터
외

현진건
책임편집 **박덕규**

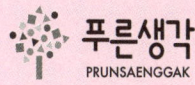
푸른생각
PRUNSAENGGAK

인생의 한 부분에서 잘못하고 있다면 다른 부분에서도 잘할 수 없다.
인생은 분리될 수 없는 안전한 전체이기 때문이다.
― 마하트마 간디(인도의 민족운동 지도자, 1869~1948)

책머리에

현진건을 만나러 가는 길

현진건은 1900년 대구에서 출생했다. 만 12세인 1912년 일본으로 건너가 도쿄독일어학교를 다녔고, 1918년에는 중국 상하이의 후장대학에 입학해 잠시 수학하기도 했다. 1920년 『개벽』에 단편 「희생화(犧牲花)」를 발표해 문단에 발을 내딛은 그는 이듬해 「빈처」, 「술 권하는 사회」 등을 발표하고 『백조』 동인으로 활동하면서 뛰어난 역량을 인정받게 된다. 1925년부터 동아일보 기자로 활동하기 시작했고, 1936년 사회부장으로 재직하면서 '손기정 일장기 삭제 사건'으로 기소되어 1년간 복역했다. 이후 여러 편의 장편을 발표하다 1943년 병으로 타계했다. 대표작으로 위 작품들 외에도 사실주의 문학의 대표작으로 꼽히는 「운수 좋은 날」(1924)을 비롯 「B사감과 러브레터」(1925), 「불」(1925), 「고향」(1926) 등의 단편과 장편 『무영탑』(1939) 등을 발표했다.

현진건은 등단 초기인 1920년대 궁핍한 환경을 살아가는 젊은이의 모습을 담은 자전적인 작품들과 민족주의 색채가 강한 사실주의 계열의 작품들을 주로 썼다. 「빈처」, 「술 권하는 사회」, 「타락자」 등 1인칭소설이 전자를 대표한다면, 「할머니의 죽음」, 「운수 좋은 날」, 「불」, 「고향」 등 현실고

발 성향이 짙은 작품들이 후자를 대표한다고 할 수 있다. 특히 소설집 『조선의 얼굴』(1926)에 수록되는 후자의 작품들은 한국 단편소설의 정형을 보인 것으로 평가되면서 그의 이름을 김동인, 염상섭과 더불어 사실주의 대표 작가의 반열에 올리게 했다.

현진건은 동아일보 기자로 있을 때인 1930년대 연애소설 형식의 『적도(赤道)』(1933~1934)에서 스토리라인이 뚜렷한 장편의 면모를 드러낸 이후 한국 역사가 전하는 흥미로운 스토리에 몰두해 『무영탑』(1938~1939), 『흑치상지(黑齒常之)』(1939~1940, 미완), 『선화공주(善花公主)』(1941, 미완) 등의 역사소설을 발표했다. 이들 역사소설은 한국 민족의 자존을 내세우고 광복에 대한 강렬한 동경을 드러냈다는 평가를 받는 한편으로 소설 구성에서 통속성이 두드러지고 정작 중후한 주제가 되어야 할 '민족정신의 부활'은 추상화되었다는 비판도 감수해야 했다.

현진건은 이밖에 「조선혼과 현대정신의 파악」(『개벽』 65호, 1926) 등의 비평문을 통하여 식민지시대의 조선문학이 나아가야 할 방향을 제시하기도 했다. 그는 일제강점기의 현실에 대응하는 문학적 양식을 사실주의적 단편소설로 보여준 뛰어난 작가로 한국문학사의 한 면을 장식하고 있다.

이 책에는 한국 단편소설의 모범적 사례라 평가되는 「운수 좋은 날」을 비롯해, 같은 사실주의 계열의 수작인 「불」, 「고향」과, 자전적 체험을 바탕으로 한 「빈처」, 「술 권하는 사회」, 인간의 세속주의를 비판한 「할머니의 죽음」, 「B사감과 러브레터」를 실었다.

「빈처」는 가난한 무명작가와 양순하고 어진 아내의 일상을 통해 정신적 지향과 물질적 지향의 갈등을 보여주는 작품이다. 이들은 빈곤 속에서도 정신적 가치를 지향하며 살려고 애쓰고 있다.

「술 권하는 사회」는 일본에서 공부하고 돌아와 시대와 현실에 적응하지 못한 작가의 실제 모습이 그대로 드러난 소설이다. 일제강점기의 모순된 현실에서 실의와 좌절에 빠진 '남편'을 통해 3·1운동 실패 이후 지식인의 굴절된 내면을 표현하고 있다. '남편'은 자신과 같은 애국적 지성이 절망 끝에 주정꾼으로 전락하는 책임이 모두 '술 권하는 사회'에 있다고 역설한다.

「할머니의 죽음」은 위독한 할머니를 두고 벌어지는 가족들의 행동 양상을 그리고 있는 일종의 세태소설이다. 표현의 사실주의 기법에 비해 현실의 모순을 짚어내는 경지에는 이르지 못한 작품으로 평가된다.

「운수 좋은 날」은 현진건이 등단 초기의 신변소설에서 벗어나 가난한 하층민의 삶을 주목하면서 당대의 비참한 현실을 비판한 작품이다. 인력거꾼 김첨지는 오랜만에 아침부터 손님들이 줄을 잇는 '운수 좋은 날'을 맞는다. 집에는 병두 아내가 누워 있고, 김첨지는 아내의 약값조차 벌지 못하는 신세다. 모처럼 찾아든 행운을 놓치지 않으려고 애쓴 김첨지는 귀갓길에 호기를 부리면서 술을 마시고 아내가 먹을 설렁탕을 사 가지고 간다. 그러나 아내는 이미 죽은 상태였다. 반전 기법을 통해 하층민의 비참한 현실이 인상 깊게 드러난 수작이다.

「불」은 지식인의 자전적 소재에서 벗어나 하층 농민의 삶에 눈을 돌린 소설이다. 열다섯 살 새색시 순이가 성적인 미숙함과 고된 노동으로 겪는 고통을 통해 식민지 상황과 봉건적 인습 등에 이중삼중으로 억압받는 하층민과 여성의 삶을 드러낸다.

「B사감과 러브레터」는 기숙사라는 한 집단에서 권력을 행사하는 B사감의 행태를 통해 인간의 위선을 드러낸 작품으로 풍자와 아이러니가 빛을 발하는 단편 미학의 예로 꼽힌다. 심리와 행동을 대조하는 기법으로 한 인물의 성격을 두드러지게 묘사한 솜씨와 비애감을 자아내게 하는 결말부의 반전 효과가 일품이다.

「고향」은 서울행 열차 안에서 만난 한 사내를 통해 일제에 수탈당한 우리네 농촌의 실상을 드러내고 있다. 액자소설(額字小說)의 형태로 일제의 식민지 수탈 정책을 날카롭게 비판한 작품으로 평가받고 있다.

이 책은 푸른생각에서 기획·발행하는 '한국 문학을 읽는다' 시리즈의 한 권이다. 이 시리즈는 충실한 원문의 게재를 기본으로 작품의 문단별로 소제목을 붙여 편한 독서를 이끈 것이 특징이다. 또 이해하기 어려운 표현에 세심하게 낱말풀이를 붙였다. 각 작품에 들어가기 전에 등장인물을 소개했고, 수록한 작품 뒤에 〈이야기 따라잡기〉를 실어 줄거리를 한눈에 파악할 수 있게 했다. 또한 〈쉽게 읽고 이해하기〉를 마련해 작품의 세계를 좀 더 깊게 이해할 수 있도록 했다. 그리고 책 끝에 〈작가 알아보기〉를 마련해 작가의 생애를 정리했다.

'한국 문학을 읽는다' 시리즈가 청소년뿐만 아니라 일반 독자들에게 소설을 제대로 읽고 이해하는 데 도움이 되길 기대한다. 소설을 읽음으로써 인간세계를 보다 이해하고 삶의 진정성을 인식할 수 있다고 믿는다. 그리하여 타인과 깊이 있게 소통할 수 있으며 공동체 사회의 실현에 기여할 수 있다고 생각한다. 이 소설 선집의 감상으로 그와 같은 가치가 실현될 수 있기를 희망한다.

책임편집 박덕규

차례

한국 문학을 읽는다 **운수 좋은 날 · B사감과 러브레터** 외

빈처(貧妻) • 11

술 권하는 사회 • 43

할머니의 죽음 • 67

운수 좋은 날 • 95

불 • 121

B사감과 러브레터 • 139

고향 • 157

■ 작가 알아보기 • 174

사람은 사랑과 고통에 의해서만 변화된다.
— 프랜시스 베이컨(영국의 철학자, 1561~1626)

「빈처」(『개벽』, 1921. 1)는
가난한 예술가 지망생인 젊은 남편과
그 아내의 이야기로,
현진건의 자기고백적 성격이 강한 작품이다.
정신적 가치 지향과 물질적 가치 지향 사이에서
갈등하는 인물의 등장이 눈길을 끈다.

빈처(貧妻)

"없으면 없는 대로 살아도 의좋게 지내는 것이 행복이야요."

등장인물

나 경제 능력이 없는 무명 소설가. 지식의 목마름을 해소하기 위해 유학까지 갔다 왔지만 돈을 버는 직업을 가지기보단 학문과 창작에 열중하고 있는 인물이다.

아내 남편보다 2살 많은, 헌신적이며 고전적인 인물이다. 잠시 남편에게 쓴소리를 하기도 하지만 다시 무한한 위안과 원조를 아끼지 않는다.

T '나'와 가깝게 지내는 동년배 친척. 은행에 다니며 경제적인 능력을 갖춘 인물이다. 그것 때문에 다른 친척들에게 종종 비교의 대상이 된다.

처형 물질적 만족을 좇는 인물. 남편을 밉살스럽고 추근추근하다고 하면서도 그가 주는 돈으로 물건을 사고 만족해한다.

빈처

아내는 아침거리를 마련하기 위해 저고리를 찾는다

1

"그것이 어째 없을까?"

아내가 장문을 열고 무엇을 찾더니 입안말로 중얼거린다.

"무엇이 없어?"

나는 우두커니 책상머리에 앉아서 책장만 뒤적뒤적하다가 물어보았다.

"모본단(模本緞, 중국에서 나는 비단의 한 가지. 품질이 정밀하고 윤이 나며 무늬가 아름다움) 저고리가 하나 남았는데……."

"……"

나는 그만 묵묵하였다. 아내가 그것을 찾아 무엇하려는 것을 앎이라. 오늘 밤에 옆집 할멈을 시켜 잡히려 하는 것이다.

이 2년 동안에 돈 한 푼 나는 데는 없고 그대로 주리면 시장할 줄 알아 기구(器具, 세간·그릇·연장 등을 통틀어 이르는 말)와 의복을 전당국 창고(典當局 倉庫)에 들이밀거나 고물상 한구석에 세워두고 돈을 얻어오는 수밖에 없었다. 지금 아내가 하나 남은 모본단 저고리를 찾는 것도 아침거리를 장만하려 함이라.

나는 입맛을 쩍쩍 다시고 폈던 책을 덮으며 후— 한숨을 내쉬었다.

봄은 벌써 반이나 지났건마는 이슬을 실은 듯한 밤기운이 방구석으로부터 슬금슬금 기어나와 사람에게 안기고 비가 오는 까닭인지 밤은 아직 깊지 않건만 인적조차 끊어지고 온 천지가 빈듯이 고요한데 투닥투닥 떨어지는 빗소리가 한없는 구슬픈 생각을 자아낸다.

"빌어먹을 것 되는 대로 되어라."

나는 점점 견딜 수 없어 두 손으로 흩어진 머리카락을 쓰다듬어 올리며 중얼거려 보았다. 이 말이 더욱 처량한 생각을 일으킨다. 나는 또 한 번, "후—" 한숨을 내쉬며 왼팔을 베고 책상에 쓰러지며 눈을 감았다.

이 순간에 오늘 지낸 일이 불현듯 생각이 난다.

친척들은 T와 나를 종종 비교하며 무시한다

늦게야 점심을 마치고 내가 막 궐련(卷煙, 담배) 한 개를 피워 물 적에 한성은행(漢城銀行) 다니는 T가 공일(쉬는 날)이라고 놀러 왔었다.

친척은 다 멀지 않게 살아도 가난한 꼴을 보이기도 싫고 찾아갈 적마다 무엇을 꾀어 내라고 조르지도 아니하였건만 행여나 무슨 구차한 소리를 할까 봐서 미리 방패막이를 하고 눈살을 찌푸리는 듯하여 나는 발을 끊고 따라서 찾아오는 이도 없었다. 다만 이 T는 촌수가 가까운 까닭인지 자주 우리를 방문하였다.

그는 성실하고 공순하여 설설한(자질구레한) 소사(小事, 작은 일)에 슬퍼하고 기뻐하는 인물이었다. 동년배(同年輩)인 우리 둘은 늘 친척간에 비교(比較) 거리가 되었었다. 그리고 나의 평판이 항상 좋지 못했다.

"T는 돈을 알고 위인이 진실해서 그애는 돈푼이나 모을 것이야! 그러나 K(내 이름)는 아무짝에도 못 쓸 놈이야. 그 잘난 언문(諺文) 섞어서 무어라고 끄적거려 놓고 제 주제에 무슨 조선에 유명한 문학가가 된다니! 시러베아들놈!"

이것이 그네들의 평판이었다. 내가 문학인지 무엇인지 하는 소리가 까닭 없이 그네들의 비위에 틀린 것이다. 더군다나 나는 그네들의 생일이나 혹은 대사(大事) 때에 돈 한 푼 이렇다는 일이 없고 T는 소위 착실히 돈벌이를 하여 가지고 국수밥소래나 보조를 하는 까닭이다.

"얼마 아니 되어 T는 잘살 것이고 K는 거지가 될 것이니 두고 보아!"

오촌 당숙은 이런 말씀까지 하였다 한다. 입 밖에는 아니 내어도 친부모 친형제까지라도 심중(心中)으로는 다 이렇게 생각할 것이다. 그래도 부모는 달라서 화가 나시면, "네가 그리하다가는 말경(末境, 늙었을 때, 끝판)에 비렁뱅이가 되고 말 것이야"라고 꾸중은 하셔도, "사람이란 늦복 모르느니라" "그런 사람은 또 그렇게 되느니라" 하시는 것이 스스로 위로하는 말씀이고 또 며느리를 위로하는 말씀이었다. 이것을 보아도 하는 수 없는 놈이라고 단념(斷念)을 하시면서 그래도 잘되기를 바라시고 축원하시는 것을 알겠더라.

T가 산 양산을 보며 아내가 부러워하다

　여하간 이만하면 T의 사람됨을 가히 알 수가 있다. 그러고 그가 우리 집에 올 것 같으면 지어서 쾌활하게 웃으며 힘써 재미스러운 이야기를 하였다. 단둘이 고적(孤寂, 외롭고 쓸쓸함)하게 그날그날을 보내는 우리에게는 더할 수 없이 반가웠었다.

　오늘도 그가 활발하게 집에 쑥 들어오더니 신문지에 싼 기름한 것을 '이것 봐라' 하는 듯이 마루 위에 올려놓고 분주히 구두끈을 끄른다.

　"이것은 무엇인가?"

　나는 물어보았다.

　"저ㅡ 제 처의 양산(洋傘)이야요. 쓰던 것이 벌써 다 낡았고 또 살이 부러졌다나요."

　그는 구두를 벗고 마루에 올라서며 나오는 웃음을 참지 못하여 벙글벙글하면서 대답을 한다. 그는 나의 아내를 보며 돌연히,

　"아주머니 좀 구경하시렵니까?"

하더니 싼 종이와 집을 벗기고 양산을 펴 보인다. 흰 비단 바탕에 두어 가지 매화를 수놓은 양산이었다.

　"검정이는 좋은 것이 많아도 너무 칙칙해 보이고…… 회색이나 누렁이는 하나도 그것이야 싶은 것이 없어서 이것을 산걸요."

　그는 '이것보다 더 좋은 것을 살 수가 있나' 하는 뜻을 보이려고 애를 쓰며 이런 변명까지 한다.

　"이것도 퍽 좋은데요."

이런 칭찬을 하면서 양산을 펴 들고 이리저리 홀린 듯이 들여다보고 있는 아내의 눈에는, '나도 이런 것을 하나 가졌으면' 하는 생각이 역력히 보인다.

나는 갑자기 불쾌한 생각이 와락 일어나서 방으로 들어오며 아내의 양산 보는 양을 빙그레 웃고 바라보고 있는 T에게,

"여보게, 방에 들어오게그려, 우리 이야기나 하세."

T는 따라 들어와 물가폭등에 대한 이야기며 자기의 월급이 오른 이야기며 주권(株券, 주식)을 몇 주 사두었더니 꽤 이익이 남았다든가 이번 각 은행 사무원 경기회(競技會)에서 자기가 우월한 성적을 얻었다든가 이런 것 저런 것 한참 이야기하다가 돌아갔다.

아내의 한 마디에 화를 내다

T를 보내고 책상을 향하여 짓던 소설의 결미(結尾, 결말·마무리)를 생각하고 있을 즈음에,

"여보!"

아내의 떠는 목소리가 바로 내 귀 곁에서 들린다. 핏기 없는 얼굴에 살짝 붉은빛이 돌며 어느결에 내 곁에 바싹 다가앉았더라.

"당신도 살 도리를 좀 하셔요."

"……"

나는 또 '시작하는구나' 하는 생각이 번개같이 머리에 번쩍이며 불쾌한 생각이 벌컥 일어난다. 그러나 무어라고 대답할 말이 없이 묵묵히 있었다.

"우리도 남과 같이 살아보아야지요!"

아내가 T의 양산에 단단히 자극을 받은 것이다. 예술가의 처 노릇을 하려는 독특한 결심이 있는 그는 좀처럼 이런 소리를 입 밖에 내지 아니하였다. 그러나 무엇에 상당한 자극만 받으면 참고 참았던 이런 소리를 하게 되는 것이다. 나도 이런 소리를 들을 적마다 '그럴 만도 하다'는 동정심이 없지 아니하나 심사가 어쩐지 좋지 못하였다.

이번에도 '그럴 만도 하다'는 동정심이 없지 아니하되 또한 불쾌한 생각을 억제키 어려웠다. 잠깐 있다가 불쾌한 빛을 드러내며,

"급작스럽게 살 도리를 하라면 어찌할 수가 있소. 차차 될 때가 있겠지!"

"아이구, 차차란 말씀 그만두구려, 어느 천년에……."

아내의 얼굴에 붉은빛이 짙어지며 전에 없던 흥분한 어조로 이런 말까지 하였다. 자세히 보니 두 눈에 은은히 눈물이 괴었더라.

나는 잠시 멍멍하게 있었다. 성낸 불길이 치받쳐 올라온다. 나는 참을 수 없다.

"막벌이꾼(막일을 하며 돈을 버는 사람)한테 시집을 갈 것이지 누가 내게 시집을 오랬어! 저 따위가 예술가의 처가 다 뭐야!"

사나운 어조로 몰풍스럽게(격이나 멋이 없이) 소리를 꽥 질렀다.

"에그……!"

살짝 얼굴빛이 변해지며 어이없이 나를 보더니 고개가 점점 수그러지며 한 방울 두 방울 방울방울 눈물이 장판 위에 떨어진다.

나는 이런 일을 가슴에 그리며 그래도 내일 아침거리를 장만하려고 옷을 찾는 아내의 심중을 생각해보니, 말할 수 없는 슬픈 생각이 가을

바람과 같이 설렁설렁 심골(心骨, 마음과 뼈)을 분지르는 것 같다.

　쓸쓸한 빗소리는 굵었다 가늘었다 의연(依然)히 적적한 밤공기에 더욱 처량히 들리고 그을음 앉은 등피(燈皮, 바람을 가리고 불을 밝게 하기 위해 등잔에 씌운 유리로 만든 덮개) 속에서 비추는 불빛은 구름에 가린 달빛처럼 우는 듯 조는 듯 구차(苟且)히 얻어 산 몇 권 양책(洋册)의 표제(表題) 금자가 번쩍거린다.

아내가 찾던 저고리는 벌써 전당포에 맡긴 지 오래다

　2

　장 앞에 초연히 서 있던 아내가 무엇이 생각났는지 고개를 끄덕끄덕하며 들릴 듯 말 듯 목 안의 소리로,

　"으흐…… 옳지 참 그날……."

　"찾았소?"

　"아니야요, 벌써…… 저 인천(仁川) 사시는 형님이 오셨던 날……."

　"……"

　아내가 애써 찾던 그것도 벌써 전당포의 고운 먼지가 앉았구나! 종지 하나라도 차근차근 아랑곳하는 아내가 그것을 잡혔는지 아니 잡혔는지 모르는 것을 보면 빈곤(貧困)이 얼마나 그의 정신을 물어뜯었는지 가히 알겠다.

　"……"

　"……"

한참 동안 서로 아무 말이 없었다. 가슴이 어째 답답해지며 누구하고 싸움이나 좀 해보았으면 소리껏 고함이나 질러보았으면 실컷 울어보았으면 하는 일종 이상한 감정이 부글부글 피어 오르며, 전신에 이가 스멀스멀 기어다니는 듯 옷이 어째 몸에 끼여 견딜 수가 없다.

나는 답답한 심정을 아내에게 드러낸다

나는 이런 감정을 노골적으로 드러내며,
"점점 구차한 살림에 싫증이 나서 못 견디겠지?"
아내는 무엇을 생각하는지 모르게 정신을 잃고 섰다가 그 게슴츠레한 눈이 둥그래지며,
"네에? 어째서요?"
"무얼 그렇지!"
"싫은 생각은 조금도 없어요."
이렇게 말이 오락가락함을 따라 나는 흥분의 도(度)가 점점 짙어간다. 그래서 아내가 떨리는 소리로,
"어째 그런 줄 아서요?"
하고 반문할 적에,
"나를 숙맥(菽麥, 사리 분별을 못하고 세상 물정을 잘 모르는 사람)으로 알우?"
라고, 격렬(激烈)하게 소리를 높였다.
아내는 살짝 분한 빛이 눈에 비치어 물끄러미 나를 들여다본다. 나는 괘씸하다는 듯이 흘겨보며,

"그러면 그것 모를까! 오늘날까지 잘 참아오더니 인제는 점점 기색이 달라지는걸 뭐! 물론 그럴 만도 하지마는!"

이런 말을 하는 내 가슴에는 지난 일이 활동사진 모양으로 얼른얼른 나타난다.

육 년 전에(그때 나는 십육 세이고 저는 십팔 세였다) 우리가 결혼한 지 얼마 아니 되어 지식에 목마른 나는 지식의 바닷물을 얻어 마시려고 표연히 집을 떠났었다. 광풍(狂風)에 나부끼는 버들잎 모양으로 오늘은 지나(支那, 중국을 달리 이르는 말), 내일은 일본으로 굴러다니다가 금전의 탓으로 지식의 바닷물도 흠씬 마셔보지도 못하고 반거들충이(배우다가 그만두어 다 이루지 못한 사람)가 되어 집에 돌아오고 말았다. 내게 시집올 때에는 방글방글 피려는 꽃봉오리 같던 아내가 어느결에 기울어가는 꽃처럼 두 뺨에 선연(鮮姸)한 빛이 스러지고 이마에는 벌써 두어 금 가는 줄이 그리어졌다.

처가 덕으로 집간도 장만하고 세간도 얻어 우리는 소위 살림을 하게 되었다. 처음에는 그럭저럭 지내었지마는 한 푼 나는 데 없는 살림이라 한 달 가고 두 달 갈수록 점점 곤란해질 따름이었다. 나는 보수(報酬) 없는 독서와 가치 없는 창작으로 해가 지고 날이 새며 쌀이 있는지 나무가 있는지 망연케 몰랐다. 그래도 때때로 맛있는 반찬이 상에 오르고 입은 옷이 과히 추하지 아니함은 전혀 아내의 힘이었다. 전들 무슨 벌이가 있으리요, 부끄럼을 무릅쓰고 친가에 가서 눈치를 보아가며 구차한 소리를 하여 가지고 얻어온 것이었다. 그것도 한 번 두 번 말이지 장구한 세월에 어찌 늘 그럴 수가 있으랴! 말경에는 아내가 가져온 세간과 의복에 손을 대는 수밖에 없었다. 잡히고 파는 것도 나는 알은체도 아니하였다. 그가 애를 쓰며 퉁명스러운 옆집 할멈에게 돈푼을 주고 시켰었다.

이런 고생을 하면서도 그는 나의 성공만 마음속으로 깊이깊이 믿고 빌었었다. 어느 때에는 내가 무엇을 짓다가 마음에 맞지 아니하여 쓰던 것을 집어던지고 화를 낼 적에,

"왜 마음을 조급하게 잡수셔요! 저는 꼭 당신의 이름이 세상에 빛날 날이 있을 줄 믿어요. 우리가 이렇게 고생을 하는 것이 장래에 잘 될 근본이야요."

하고 그는 스스로 흥분되어 눈물을 흘리며 나를 위로한 적도 있었다.

내가 외국으로 돌아다닐 때에 소위 신풍조(新風潮, 새로운 세상이 되어가는 모습)에 띄어 까닭 없이 구식 여자가 싫어졌다. 그래서 나의 일찍이 장가든 것을 매우 후회하였다. 어떤 남학생과 어떤 여학생이 서로 연애를 주고받고 한다는 이야기를 들을 적마다 공연히 가슴이 뛰놀며 부럽기도 하고 비감(悲感, 슬픈 느낌)스럽기도 하였었다.

그러나 낫살이 들어갈수록 그런 생각도 없어지고 집에 돌아와 아내를 겪어보니 의외에 그에게 따뜻한 맛과 순결한 맛을 발견하였다. 그의 사랑이야말로 이기적 사랑이 아니고 헌신적(獻身的) 사랑이었다. 이런 줄을 점점 깨닫게 될 때에 내 마음이 얼마나 행복스러웠으랴! 밤이 깊도록 다듬이를 하다가 그만 옷 입은 채로 쓰러져 곤하게 자는 그의 파리한 얼굴을 들여다보며,

"아아, 나에게 위안을 주고 원조를 주는 천사여!"

하고 감격이 극하여 눈물을 흘린 일도 있었다.

내가 알다시피 내가 별로 천품은 없으나 어쨌든 무슨 저작가(著作家)로 몸을 세워보았으면 하여 나날이 창작과 독서에 전심력을 바쳤다. 물론 아직 남에게 인정(認定)될 가치는 없는 것이다. 그 영향으로 자연 일상생활이 말유(末由)하게 되었다.

이런 곤란에 그는 근 이 년 견디어 왔건마는 나의 하는 일은 오히려 아무 보람이 없고 방 안에 놓였던 세간이 줄어가고 장농에 찼던 옷이 거의 다 없어졌을 뿐이다.

그 결과 그다지 견딜성 있던 저도 요사이 와서는 때때로 쓸데없는 탄식을 하게 되었다. 손잡이를 잡고 마루 끝에 우두커니 서서 하염없이 먼 산만 바라보기도 하며 바느질을 하다 말고 실심(失心, 근심 등으로 맥이 풀리고 마음이 산란해짐)한 사람 모양으로 멍멍히 앉았기도 하였다. 창경(窓鏡, 창문에 단 유리)으로 비치는 어스름한 햇빛에 나는 흔히 그의 눈물 머금은 근심 있는 눈을 발견하였다. 이런 때에는 말할 수 없는 쓸쓸한 생각이 들며 일없이,

"마누라!"

하고 부르면 그는 몸을 흠칫 하고 고개를 저리로 돌리어 치맛자락으로 눈물을 씻으며,

"네에?"

하고 울음에 떨리는 가는 대답을 한다. 나는 등에 찬물을 끼얹는 듯 몸이 으쓱해지며 처량한 생각이 싸늘하게 가슴에 흘렀었다. 그렇지 않아도 자비(自卑)하기 쉬운 마음이 더욱 심해지며,

'내가 무자격한 탓이다.'

하고 스스로 멸시를 하고 나니 더욱 견딜 수 없다.

'그럴 만도 하다.'

는 동정심이 없지 아니하되 그래도 그만 불쾌한 생각이 일어나며,

'계집이란 할 수 없어.'

혼자 이런 불평을 중얼거리었다.

아내에게 나의 진심을 내보이다

환등(幻燈, 환등기의 준말. 강한 불빛을 사진이나 그림에 비추어 그 반사광으로 렌즈로 확대 영사하는 장치) 모양으로 하나씩 둘씩 이런 일이 가슴에 나타나니 무어라고 말할 용기조차 없어졌다. 나의 유일의 신앙자(信仰者)이고 위로자이던 저까지 인제는 나를 아니 믿게 되고 말았다.

그는 마음속으로,

'네가 육 년 동안 내 살을 깎고 저미었구나! 이 원수야!'

할 것이다. 이렇게 생각하매 그의 불 같던 사랑까지 엷어져가는 것 같았다. 아니 흔적도 없이 사라지고 만 것 같았다. 나는 감상적으로 허둥허둥(갈팡질팡하며 정신없이 서두르며)하며,

"낸들 마누라를 고생시키고 싶어 시켰겠소! 비단옷도 해주고 싶고 좋은 양산도 사주고 싶어요! 그러길래 왼종일 쉬지 않고 공부를 아니 하우. 남 보기에는 편편히 노는 것 같아도 실상은 그렇지 안해! 본들 모른단 말이요."

나는 점점 강한 가면(假面)을 벗고 약한 진상(眞相)을 드러내며 이와 같

은 가소로운 변명까지 하였다.

"왼 세상 사람이 다 나를 비소(誹笑, 비웃음)하고 모욕하여도 상관이 없지만 마누라까지 나를 아니 믿어주면 어찌한단 말이요."

내 말에 스스로 자극이 되어 마침내,

"아아."

길이 탄식을 하고 그만 쓰러졌다. 이 순간에 고개를 숙이고 아마 하염없이 입술만 물어뜯고 있던 아내가 홀연,

"여보!"

울음소리를 떨면서 무너지는 듯이 내 얼굴에 쓰러진다.

"용서……."

하고는 북받쳐 나오는 울음에 말이 막히고 불덩이 같은 두 뺨이 내 얼굴을 누르며 흑흑 느끼어 운다. 그의 두 눈으로부터 샘솟듯 하는 눈물이 제 뺨과 내 뺨 사이를 따뜻하게 젖어 퍼진다.

내 눈에서도 눈물이 흘러내린다. 뒤숭숭하던 생각이 들다 이 뜨거운 눈물에 봄눈 슬듯 스러지고 말았다.

한참 있다가 우리는 눈물을 씻었다. 내 속이 얼마큼 시원한 듯하였다.

"용서하여 주셔요! 그렇게 생각하실 줄은 몰랐어요."

이런 말을 하는 아내는 눈물에 불어오른 눈꺼풀을 아픈 듯이 끔적거린다.

"암만 구차하기로니 싫증이야 날까요! 나는 한 번 먹은 마음이 있는데……."

가만가만히 변명을 하는 아내의 눈물 흔적이 어룽어룽한 얼굴을 물끄러미 바라보며 겨우 심신이 가뜬하였다.

장인어른 생신에 함께 가게 되다

3

어제 일로 심신이 피곤하였던지 그 이튿날 늦게야 잠을 깨니 간밤에 오던 비는 어느결에 그치었고 명랑한 햇발이 미닫이에 높았더라. 아내가 다시금 장문을 열고 잡힐 것을 찾을 즈음에 누가 중문을 열고 들어온다. 우리는 누군가 하고 귀를 기울일 적에 밖에서,

"아씨!"

하는 소리가 들렸다.

아내는 급히 방문을 열고 나갔다. 그는 처가에서 부리는 할멈이었다. 오늘이 장인 생신이라고 어서 오라는 말을 전한다.

"오늘이야! 참 옳지, 오늘이 이월 열엿샛날이지, 나는 깜빡 잊었어!"

"원 아씨는 딱도 하십니다. 어쩌면 아버님 생신을 잊으신단 말씀이요. 아무리 살림이 재미가 나시더래도……."

시큰둥한 할멈은 선웃음을 쳐가며 이런 소리를 한다.

가난한 살림에 골몰하느라고 자기 친부의 생신까지 잊었는가 하매 아내의 정지(情地, 딱한 처지)가 더욱 측은하였다.

"오늘이 본가 아버님 생신이라요. 어서 오시라는데……."

"어서 가구려……."

"당신도 가셔야지요. 우리 같이 가셔요."

하고 아내는 하염없이 얼굴을 붉힌다.

나는 처가에 가기가 매우 싫었었다. 그러나 아니 가는 것도 내 도리가 아닐 듯하여 하는 수 없이 두루마기를 입었다.

아내는 머뭇머뭇하며 양미간을 보일 듯 말 듯 찡그리다가 곁눈으로 살짝 나를 엿보더니 돌아서서 급히 장문을 연다.

'흥, 입을 옷이 없어서 망설거리는구나'

나도 슬쩍 돌아서며 생각하였다. 우리는 서로 등지고 섰건만 그래도 아내가 거의 다 빈 장 안을 들여다보며 입을 만한 옷이 없어 눈살을 찌푸린 양이 눈앞에 선연함을 어찌할 수가 없었다.

"자아, 가셔요."

무엇을 생각는지 모르게 정신을 잃고 섰다가 아내의 부르는 소리를 듣고 나는 기계적으로 고개를 돌리었다. 아내는 당목옷(무명실로 폭이 넓고 바닥이 곱게 짠 천으로 만든 옷)을 갈아입고 내 마음을 알았던지 나를 위로하는 듯이 방그레 웃는다. 나는 더욱 쓸쓸하였다.

초라한 행색의 부인과 화려한 처형의 모습을 비교하며 속상해한다

우리 집은 천변 배다리 곁에 있고 처가는 안국동에 있어 그 거리가 꽤 멀었다. 나는 천천히 가느라고 가고 아내는 속히 오느라고 오건마는 그는 늘 뒤떨어졌었다. 내가 한참 가다가 뒤를 돌아보면 그는 늘 멀리 떨어져 나를 따라오려고 애를 쓰며 주춤주춤 걸어온다. 길가에 다니는 어느 여자를 보아도 거의 다 비단옷을 입고 고운 신을 신었는데 아내만 당목옷을 허술하게 차리고 청목당혜(주로 여자나 아이들이 신었던 기름에 결은 가죽신)로 타박타박 걸어오는 양이 나에게 얼마나 애연(哀然, 슬픈 기분)한 생각을 일으켰는지!

　한참 만에 나는 넓고 높은 처가 대문에 다다랐다. 내가 안으로 들어갈 적에 낯선 사람들이 나를 흘끔흘끔 본다. 그들의 눈에
　'이 사람이 누구인가. 아마 이 집 하인인가 보다.'
하는 경멸히 여기는 빛이 있는 것 같았다. 안 대청 가까이 들어오니 모두 내게 분분히 인사를 한다. 그 인사하는 소리가 내 귀에는 어째 비소하는 것 같기도 하고 모욕하는 것 같기도 하여 공연히 가슴이 두근거리고 얼굴이 후끈거리었다.

　그중에 제일 내게 친숙하게 인사하는 사람이 있다. 그는 아내보다 삼 년 맏이인 처형이었다. 내가 어려서 장가를 들었으므로 그때 그는 나를 못 견디게 시달렸다. 그때는 그가 싫기도 하고 밉기도 하더니 지금 와서는 그때 그러한 것이 도리어 우리를 무관하고 정답게 만들었다. 그는 인천 사는데 자기 남편이 기미(期米, 쌀과 곡식의 시세를 이용해 실제 물건 없이 약속만으로 거래하는 일종의 투기)를 하여 가지고 이번에 돈 십만 원이나 착실히 땄다 한다. 그는 자기의 잘사는 것을 자랑하고자 함인지 비단을 내리감고 치감고 얼굴에 부유한 태(態)가 질질 흐른다. 그러나 분으로 숨기려고 애쓴 보람도 없이 눈 위에 퍼렇게 멍든 것이 내 눈에 띄었다.

　"왜 마누라는 어쩌고 혼자 오셔요?"
　그는 웃으며 이런 말을 하다가 중문편을 바라보더니,
　"그러면 그렇지! 동부인(아내를 동반함) 아니하고 오실라구!"
　혼자 주고받고 한다.
　나도 이 말을 듣고 슬쩍 돌아다보니 아내가 벌써 중문 안에 들어섰더

라. 그 수척한 얼굴이 더욱 수척해 보이며 눈물 괸 듯한 눈이 하염없이 웃는다. 나는 유심히 그와 아내를 번갈아 보았다. 처음 보는 사람은 분간을 못하리만큼 그들의 얼굴은 혹사(酷似, 서로 같다고 할 만큼 아주 많이 닮음)하다. 그런데 얼굴빛은 어쩌면 저렇게 틀리는지! 하나는 이글이글 만발한 꽃 같고 하나는 시들시들 마른 낙엽 같다. 아내를 형이라 하고, 처형을 아우라 하였으면 아무라도 속을 것이다. 또 한 번 아내를 보며 말할 수 없는 쓸쓸한 생각이 다시금 가슴을 누른다.

딴 음식은 별로 먹지도 아니하고 못 먹는 술을 넉 잔이나 마시었다. 그래도 바늘방석에 앉은 것처럼 앉아 견딜 수가 없다. 집에 가려고 나는 몸을 일으켰다. 골치가 띵하며 내가 선 방바닥이 마치 폭풍에 흉흉(洶洶)하는 파도같이 높았다 낮았다 어질어질해서 곧 쓰러질 것 같다. 이 서동을 보고 장모가 황망(惶忙)히 일어서며,

"술이 저렇게 취해 가지고 어데로 갈라구, 여기서 한잠 자고 가게."

나는 손을 내저으며,

"안돼요, 집에 가겠어요."

취한 소리로 중얼거리었다.

"저를 어쩌나!"

장모는 걱정을 하시더니,

"할멈! 어서 인력거 한 채 불러오게."

한다.

취중에도 인력거를 태우지 말고 그 인력거 삯을 나를 주었으면 책 한 권을 사보련만 하는 생각이 있었다. 인력거를 타고 얼마 아니 가서 그

만 잠이 들고 말았다.

부부는 가난해도 의좋게 지내는 게 행복이라 생각한다

한참 자다가 잠을 깨어보니 방 안에 벌써 남폿불이 키었는데 아내는 어느결에 왔는지 외로이 앉아 바느질을 하고 화로에서는 무엇이 끓는 소리가 보글보글하였다.

아내가 나의 잠 깬 것을 보더니 급히 화로에 얹은 것을 만져보며,

"인제 그만 일어나 진지를 잡수셔요."

하고 부리나케 일어나 아랫목에 파묻어둔 밥그릇을 꺼내어 미리 차려둔 상에 얹어서 내 앞에 갖다놓고 일변 화로를 당기어 더운 반찬을 집어 얹으며,

"자아 어서 일어나셔요."

나는 마지못하여 하는 듯이 부시시 일어났다. 머리가 오히려 아프며 목이 몹시 말라서 국과 물을 연해(계속) 들이켰다.

"물만 잡수셔서 어째요. 진지를 좀 잡수셔야지."

아내는 이런 근심을 하며 밥상머리에 앉아서 고기도 뜯어주고 생선 뼈도 추려주었다. 이것은 다 오늘 처가에서 가져온 것이다. 나는 맛나게 밥 한 그릇을 다 먹었다. 내 밥상이 나매 아내가 밥을 먹기 시작한다. 그러면 지금껏 내 잠 깨기를 기다리고 밥을 먹지 아니하였구나 하고 오늘 처가에서 본 일을 생각하였다. 어제 일이 있은 후로 우리 사이에 무슨 벽이 생긴 듯하던 것이 그 벽이 점점 엷어져가는 듯하며 가엾

고 사랑스러운 생각이 일어났었다. 그래서 우리는 정답게 이런 이야기 저런 이야기를 하게 되었다. 우리의 이야기는 오늘 장인 생신 잔치로부터 처형 눈 위에 멍든 것에 옮겨갔다.

처형의 남편이 이번 그 돈을 딴 뒤로는 주야(晝夜, 밤낮) 요리점과 기생집에 돌아다니더니 일전에 어떤 기생을 얻어 가지고 미쳐 날뛰며 집에만 들면 집안 사람을 들볶고 걸핏하면 처형을 친다 한다. 이번에도 별로 대단치 않은 일에 처형에게 밥상을 냅다 갈겨 바로 눈 위에 그렇게 멍이 들었다 한다.

"그것 보아 돈푼이나 있으면 다 그런 것이야."

"정말 그래요. 없으면 없는 대로 살아도 의좋게 지내는 것이 행복이야요."

아내는 충심(衷心, 마음속에서 우러나는 참된 마음)으로 공명(共鳴)해주었다.

이 말을 들으매 내 마음은 말할 수 없이 만족해지며 무슨 승리자나 된 듯이 득의양양하였다.

그리고 마음속으로,

'옳다, 그렇다. 이렇게 지내는 것이 행복이다.'

하였다.

처형이 찾아와 남편의 흉을 보고 가다

4

이틀 뒤 해 어스름에 처형은 우리 집에 놀러 왔었다. 마침 내가 정신없이 무엇을 생각하고 있을 즈음에 쓸쓸하게 닫혀 있는 중문이 찌긋둥

하며 비단옷 소리가 사으락사으락 들리더니 아랫목은 내게 빼앗기고 웃목에 바느질을 하고 있던 아내가 문을 열고 나간다.

"아이고 형님 오셔요."

아내의 인사하는 소리가 들리더니 처형이 계집 하인에게 무엇을 들리고 들어온다.

나도 반갑게 인사를 하였다.

"그날 매우 욕을 보셨지요. 못 잡숫는 술을 무슨 짝에 그렇게 잡수셔요."

그는 이런 인사를 하다가 급작스럽게 계집 하인이 든 것을 빼앗더니 그 속에서 신문지로 싼 것을 끄집어내어 아내를 주며,

"내 신 사는데 네 신도 한 켤레 샀다. 그날 청목당혜를……."

말을 하려다가 나를 곁눈으로 흘끗 보고 그만 입을 닫친다.

"그것을 왜 또 사셨어요."

해쓱한 얼굴에 꽃물을 들이며 아내가 치사하는(고맙고 감사한 뜻을 표시하는) 것도 들은 체 만 체하고 처형은 또 이야기를 시작한다.

"올 적에 사랑양반을 졸라서 돈 백 원을 얻었겠지. 그래서 오늘 종로에 나와서 옷감도 바꾸고 신도 사고……."

그는 자랑과 기쁨의 빛이 얼굴에 퍼지며 싼 보를 끌러,

"이런 것이야!"

하고 우리 앞에 펼쳐놓는다.

자세히는 모르나 여하간 값 많은 품 좋은 비단일 듯하다. 무늬 없는 것, 무늬 있는 것, 회색 옥색 초록색 분홍색이 갖가지로 윤이 흐르며 색색이 빛이 나서 나는 한참 황홀하였다. 무슨 칭찬을 해야 되겠다 싶어서,

"참 좋은 것인데요."

이런 말을 하다가 나는 또 쓸쓸한 생각이 일어난다. 저것을 보는 아내의 심중이 어떠할까 하는 의문이 문득 일어남이라.

"모다 좋은 것만 골라 샀습니다그려."

아내는 인사를 차리느라고 이런 칭찬은 하나마 별로 부러워하는 기색이 없다.

나는 적이 의외의 감이 있었다.

처형은 자기 남편의 흉을 보기 시작하였다. 그 밉살스럽다는 둥 그 추근추근하다는 둥 말끝마다 자기 남편의 불미(不美)한 점을 들다가 문득 이야기를 끊고 일어선다.

"왜 벌써 가시려고 하셔요. 모처럼 오셨다가 반찬은 없어도 저녁이나 잡수셔요."

하고 아내가 만류를 하니,

"아니 곧 가야지. 오늘 저녁 차로 떠날 것이니까 가서 짐을 매어야지. 아직 차 시간이 멀었어? 아니 그래도 정거장에 일찍이 나가야지 만일 기차를 놓치면 오죽 기다리실라구. 벌써 오늘 저녁 차로 간다고 편지까지 했는데……."

재삼 만류함도 돌아보지 아니하고 그는 홀홀히 나간다. 우리는 그를 보내고 방에 들어왔다.

아내에게 미안한 마음을 고백하다

나는 웃으며 아내에게,

"그까짓 것이 기다리는데 그다지 급급히 갈 것이 무엇이야."
아내는 하염없이 웃을 뿐이었다.
"그래도 옷감 바꿀 돈을 주었으니 기다리는 것이 애처롭기는 하겠지."
밉살스러우니 추근추근하니 하여도 물질의 만족만 얻으면 그것으로 위로하고 기뻐하는 그의 생활이 참 가련하다 하였다.
"참, 그런가 보아요."
아내도 웃으며 내 말을 받는다. 이때에 처형이 사준 신이 그의 눈에 띄었는지 (혹은 나를 꺼려 보고 싶은 것을 참았는지 모르나) 그것을 집어들고 조심조심 펴보려다가 말고 머뭇머뭇한다. 그 속에 그를 해(害)케 할 무슨 위험품이나 든 것같이.
"어서 펴보구려."
아내가 하도 머뭇머뭇하기로 보다못하여 내가 재촉을 하였다.
아내는 이 말을 듣더니,
'작히 좋으랴.'
하는 듯이 활발하게 싼 신문지를 헤친다.
"퍽 이쁜걸요."
그는 근일에 드문 기쁜 소리를 치며 방바닥 위에 사뿐 내려놓고 버선을 당기며 곱게 신어본다.
"어쩌면 이렇게 맞아요!"
연해연방 감탄사를 부르짖는 그의 얼굴에 흔연한 희색이 넘쳐흐른다.
"……"
묵묵히 아내의 기뻐하는 양을 보고 있는 나는 또다시,

'여자란 할 수 없어!'
하는 생각이 들며,

'조심하였을 따름이다!'
하매 밤빛 같은 검은 그림자가 가슴을 어둡게 하였다.

그러면 아까 처형의 옷감을 볼 적에도 물론 마음속으로는 부러워하였을 것이다. 다만 표면에 드러내지 않았을 따름이다. 겨우,

"어서 펴보구려."
하는 한 마디에 가슴에 숨겼던 생각을 속임 없이 나타내는구나 하였다. 내가 무엇을 생각하고 있는지 저는 모르고 새 신 신은 발을 조금 쳐들며,

"신 모양이 어때요."

"매우 이뻐!"
겉으로는 좋은 듯이 대답을 하였으나 마음은 쓸쓸하였다. 내가 제게 신 한 컬레를 사주지 못하여 남에게 얻은 것으로 만족하고 기뻐하는도다…….

웬일인지 이번에는 그만 불쾌한 생각이 일어나지 아니하였다. 처형이 동서(同壻)를 밉다거니 무엇이니 하면서도 기차를 놓치면 남편이 기다릴까 염려하여 급히 가던 것이 생각난다. 그것을 미루어 아내의 심사도 알 수가 있다. 부득이한 경우라 하릴없이 정신적 행복에만 만족하려고 애를 쓰지마는 기실(其實) 부족한 것이다. 다만 참을 따름이다. 그것은 내가 생각해야 된다. 이런 생각을 하니 전날 아내에게 그런 말을 한 것이 후회가 난다.

'어느 때라도 제 은공을 갚아줄 날이 있겠지!'

나는 마음을 좀 너그럽게 먹고 이런 생각을 하며 아내를 보았다.

"나도 어서 출세를 하여 비단신 한 켤레쯤은 사주게 되었으면 좋으련만……."

아내가 이런 말을 듣기는 참 처음이다.

"네에?"

아내는 제 귀를 못 미더워하는 듯이 의아(疑訝)한 눈으로 나를 보더니 얼굴에 살짝 열기가 오르며,

"얼마 안 되어 그렇게 될 것이야요!"

라고 힘있게 말하였다.

"정말 그럴 것 같소?"

나는 약간 흥분하여 반문하였다.

"그러문요, 그렇고말고요."

아직 아무도 인정해주지 않은 무명작가인 나를 다만 저 하나가 깊이 깊이 인정해준다. 그러기에 그 강한 물질에 대한 본능적 요구도 참아가며 오늘날까지 몹시 눈살을 찌푸리지 아니하고 나를 도와준 것이다.

'아아, 나에게 위안을 주고 원조를 주는 천사여!'

마음속으로 이렇게 부르짖으며 두 팔로 덥석 아내의 허리를 잡아 내 가슴에 바싹 안았다. 그 다음 순간에는 뜨거운 두 입술이…….

그의 눈에도 나의 눈에도 그렁그렁한 눈물이 물 끓듯 넘쳐흐른다.

이야기 따라잡기

'나'는 아내가 마지막 남은 모본단 저고리를 전당포에 맡기려고 찾는 모습을 보며 한숨을 내쉬고 오늘 지낸 일을 생각한다.

한성은행에 다니는 친척 T가 놀러왔었다. 동년배인 우리 둘은 늘 친척간에 비교가 되곤 하는데 나는 문학을 하는 까닭에 평판이 좋지 못하고, T는 착실히 돈벌이를 하고 있기 때문에 늘 친척들에게 칭찬을 듣는다.

그는 놀러오면서 자신의 처에게 줄 양산을 하나 사가지고 왔다. 그는 양산을 자랑 삼아 내보이고 그것을 구경하는 아내는 부러워하는 기색이 역력하다. T가 간 뒤 아내가 나에게 살 도리를 하란 말을 꺼내고, 그로 인해 부부싸움을 했었다.

장 앞에 계속 서 있던 아내는 모본단 저고리를 이미 잡혔던 것을 기억해내고, 나는 답답한 마음에 노골적으로 아내에게 구차한 살림에 싫증나지 않느냐고 목소리를 높인다.

육 년 전, 나는 결혼한 지 얼마 되지 않아 지식을 얻기 위해 중국, 일본을 다니다가 반거들충이가 되어 집에 돌아왔다. 그사이 아내는 기울어가는 꽃이 되어 있었다. 처가의 도움으로 집과 세간을 장만했지만 내가 돈을 벌지 못하는 까닭에 아내가 가져온 세간과 의복을 팔아 끼니를 이어갈 수밖에 없었다. 이렇게 고생을 하면서도 아내는 나의 성공만 믿으며 오히려 나를 위로해준다.

내가 외국으로 돌아다닐 때는 소위 신풍조 때문에 구식 여자가 싫어 일찍 장가든 것을 매우 후회했었지만 집에 돌아와 아내의 따뜻하고 순결하며 헌신적인 사랑 덕분에 행복이 무엇인지를 알게 되었다.

이런 아내이지만 요사이 한숨이 늘어가고 혼자 눈물을 머금기도 했다. 그럴 땐 스스로를 탓하기도 하고 괜한 자격지심에 여자란 별 수 없다는 불평을 하기도 했다.

지금까지 있었던 일들을 생각하니 나는 감상적이 되어 허둥허둥하며 아내를 위하는 속마음을 이야기했고, 서로 미안한 마음을 고백하며 부둥켜안고 운다.

이튿날 처가에서 부리는 할멈이 와 오늘이 장인 생신이라고 한다. 입을 옷이 없는 아내는 당목옷을 입고 나와 함께 친정으로 간다. 나는 길에 다니는 여자들의 비단옷 행색과 아내의 초라한 당목옷을 비교해보며 다시 한 번 슬퍼진다. 친정에는 처형이 먼저 와있었는데, 남편이 번 돈을 자랑하듯 비단을 휘감고 부유한 태를 내는 그녀의 눈 위에는 퍼렇게 멍이 들어 있었다. 아내와 처형은 분간을 못할 만큼 서로 닮았는데, 처형은 만발한 꽃 같고 아내는 마른 낙엽 같다. 속상한 마음에 잘 먹지도 못하는 술을 마시고 취한 상태에서 장모가 불러준 인력거를 타고 집에 왔다.

한참 자다가 깨니 아내가 친정에서 가져온 반찬으로 상을 차려준다. 식사를 마치고 정답게 이야기를 나누면서 처형의 남편이 걸핏하면 처형을 때리는데 눈 위에 든 멍도 그런 이유에서인 것을 알게 된다. 우리는 돈이 없으면 없는 대로 살아도 의좋게 지내는 것이 행복이라고 한마음으로 이야기한다.

이틀 뒤 처형이 우리 집에 놀러왔다. 남편을 졸라 돈을 얻어 옷감과 신발을 샀다고 자랑을 한다. 그리고는 남편의 흉을 보더니 잠시 후 남편이 기다린다고 서둘러 기차역으로 간다. 나는 물질의 만족을 얻으며 그것으로 위로하고 기뻐하는 처형의 삶이 가련하다고 생각한다.

아내는 처형이 사준 신발을 신어보며 기쁜 마음을 감추지 못한다. 나는 그 모습을 보며 마음이 쓸쓸해진다. 정신적 행복으로 만족하려고 애를 쓰지만 부족한 것은 어쩔 수 없는 현실이다. 나는 어서 출세해서 비단신 한 켤레를 사준다고 말하고, 아내는 얼마 안 있어 그렇게 될 것이라며 다시 한 번 나를 인정하고 응원해준다. 나와 아내는 포옹하며 뜨거운 눈물을 흘린다.

쉽게 읽고 이해하기

자전적·자기고백적 작품

'빈처(貧妻)'는 '가난한 아내'라는 뜻을 가진 단어이다. 「빈처」의 제재는 부부애이며, 가난한 예술가 지망생인 젊은 남편과 그의 아내와의 사랑 이야기가 작가 자신과 동일시해도 무방할, 주인공인 남편의 1인칭 시점에 의해 서술된다. 이런 점에서 이 작품은 자전적이면서도 자기고백적 성격이 강한 작품이다.

이 작품에서 주인공인 가난한 예술가 지망생 '나'는 가난 때문에 겪는 아내와의 소소한 일상 갈등에서 자기분열적인 모습을 적나라하게 드러낸다. 우선 그는 가난한 생활에 대한 불만을 말하는 아내에게 자기의 현실적 처지와 바람을 구분하지 못하고 미숙한 태도로 대응한다. 그는 자신이 문학적 자질이 있는지에 대한 검증도 받지 않은 채, 다만 문학 수업에 힘쓰는 작가 지망생임에 불과하다. 그럼에도 불구하고 그저 남편의 뜻만 따르는 구식 아내에게 스스로 무슨 대단한 예술가이기나 한 것처럼 군림하고, 아내를 예술가의 아내로 승격(?)시킴으로써 아내의 정당한 불만을 원천적으로 막으려 한다. T가 다녀간 날 아내가 "당신도 살 도리를 좀 하세요."라고 당연한 불만을 말했을 때, 그는 "막벌이꾼한테 시집을 갈 것이지, 누가 내게 시집을 오랬소! 저따위가 예술가의 처가 다 뭐야!"라고 강압적으로 말한다. 이러한 행동은 일종의 책임 회피와 자신의 바람에 스스로 만족하는 모습을 동시에 내보이는 것이라 할 수 있다.

이러한 양상은 '나'가 주장하는 행복관에서도 드러난다. 처형이 남편에게 맞아 눈 위에 멍이 든 것을 이야기하면서 "그것 보아 돈푼이나 있으면 다 그런 것이야."라는 단순한 결론을 짓는다. 그리고 아내로부터 "정말 그래요. 없으면 없는 대로 살아도 의좋게 지내는 것이 행복이야요."라는 충심 어린 공명을 얻어내며, 말할 수 없는 만족감과 승리감으로 득의양양해한다.

그러나 가난 앞에서 망연자실하고 있는 아내에게 위로의 뜻으로 강한 물질적 욕구를 드러내고, 어서 출세해서 물질적 만족(비단신)을 시켜주겠다고 말함으로써 자신의 행복관에 모순이 있음을 스스로 입증한다.

정신과 물질 사이의 갈등

이 작품을 이끌어 나가는 소재는 정신적 가치 지향과 물질적 가치 지향 사이의 갈등이다. 갈등은 내면을 벗어나 외면적 갈등을 일으키기도 하고, 그 갈등을 나름대로 해소하면서 소설은 마무리된다.

이 작품에서 대표적으로 등장하는 인물 '나', '아내', 'T', '처형'은 정신을 지향하는 인물과 물질을 지향하는 인물로 확연히 구분된다.

주인공 '나'는 예술가(소설가)인데 출세와 물질주의라는 세속적 가치를 거부하였기 때문에 가난에 시달린다. 그렇게 가난을 인정하는 '나'와의 관계에서 행복을 찾는 '아내'는 정신적 가치를 지향하는 인물이라고 할 수 있다.

이것은 주식이나 실적 등을 이야기하는 'T'의 물질적 가치 지향의 삶과 대비된다. 또한 부자이지만 행복과는 거리가 멀고 불만을 갖고 사는 '처형'도 이에 해당한다.

이러한 인물들의 모습은 외형으로도 드러난다. '나'와 '아내'는 변변한 옷이나 신발 한 벌 없지만, 'T'는 아내에게 근사한 새 양산을 사가고, '처형'은 화려한 비단을 몸에 휘감고 다닌다.

이와 같이 대립으로 인해 '나'는 고뇌하며 동요하고, 갈등에 시달린다. 하지만 '나'와 '아내'는 물질보다는 정신에 더 가치를 두고 살아가려고 노력한다.

「술 권하는 사회」(『개벽』, 1921. 11)는

일제강점기의 답답하고 절망적인

지식인의 고통을 다룬 작품으로

부정적인 사회적 현실과 이에 갈등하는

주인공의 내면 분석 표현에 초점을 두고 있다.

술 권하는 사회

"그 몹쓸 사회가, 왜 술을 권하는고!"

등장인물

남편 유학파 지식인. 일제강점기 사회에 적응하지 못해 방황한다. 경제적으로 무능하며 집안일에는 신경 쓰지 않고, 대화 수준이 맞지 않는 아내를 무시하고 회피한다.

아내 6~7년간 유학 간 남편을 기다리며 외로움 속에 살았다. 하지만 돌아온 남편은 그녀의 기대와 다른 행동을 보이고, 그녀를 실망시킨다. 무지해서 지식인 남편을 이해하지 못하고 혼자 괴로워하는 평범한 여인이다.

술 권하는 사회

아내는 늦은 시각까지 오지 않는 남편을 기다린다

"아이ㄱ, 아야."

홀로 바느질을 하고 있던 아내는 얼굴을 살짝 찌푸리고 가늘고 날카로운 소리로 부르짖었다. 바늘 끝이 왼손 엄지손가락 손톱 밑을 찔렀음이다. 그 손가락은 가늘게 떨고 하얀 손톱 밑으로 앵두빛 같은 피가 비친다. 그것을 볼 사이도 없이 아내는 얼른 바늘을 빼고 다른 손 엄지 손가락으로 그 상처를 누르고 있다. 그러면서 하던 일가지를 팔꿈치로 고이고이 밀어 내려놓았다. 이윽고 눌렀던 손을 떼어보았다. 그 언저리는 인제 다시 피가 아니 나려는 것처럼 혈색(血色)이 없다. 하더니, 그 희던 꺼풀 밑에 다시금 꽃물이 차츰차츰 밀려온다. 보일 듯 말 듯한 그 상처로부터 좁쌀낟 같은 핏방울이 송송 솟는다. 또 아니 누를 수 없다. 이만하면 그 구멍이 아물었으려니 하고 손을 떼면 또 얼마 아니되어 피가 비치어 나온다.

인제 헝겊 오락지(오라기. 실이나 헝겊의 동강난 조각)로 처매는(단단히 둘러매는) 수밖에 없다. 그 상처를 누른 채 그는 바느질고리에 눈을 주었다. 거기 쓸 만한 오락지는 실패 밑에 있다. 그 실패를 밀어내고 그 오락지를 두 새끼손가락 사이에 집어 올리려고 한동안 애를 썼다. 그 오락지는 마치 풀로 붙여둔 것 같이 고리 밑에 착 달라붙어 세상 집혀지지 않는다. 그 두 손가락은 헛되이 그 오락지 위를 긁적거리고 있을 뿐이다.

"왜 집혀지지를 않아!"

그는 마침내 울 듯이 부르짖었다. 그리고 그것을 집어줄 사람이 없나 하는 듯이 방 안을 둘러보았다. 방 안은 텅 비어 있다. 어느 뉘 하나 없다. 호젓한 허영(虛影)만 그를 휩싸고 있다. 바깥도 죽은 듯이 고요하다. 시시로 퐁퐁 하고 떨어지는 수도의 물방울 소리가 쓸쓸하게 들릴 뿐, 문득 전등불이 광채(光彩)를 더하는 듯하였다. 벽상(壁上)에 걸린 괘종(掛鍾)의 거울이 번들하며, 새로 한 점을 가리키려는 시침(時針)이 위협하는 듯이 그의 눈을 쏜다. 그의 남편은 그때껏 돌아오지 않았었다.

유학한 남편을 기다리며 힘든 세월을 보냈다

아내가 되고 남편이 된 지는 벌써 오랜 일이다. 어느덧 7, 8년이 지냈으리라. 하건만 같이 있어본 날을 헤아리면 단 일 년이 될락말락 한다. 막 그의 남편이 서울서 중학을 마쳤을 제 그와 결혼하였고, 그러자마자 고만 동경(東京)에 부급한(타향으로 공부하러 간) 까닭이다. 거기서 대학까지 졸업을 하였다. 이 길고 긴 세월에 아내는 얼마나 괴로웠으며 외로웠으랴! 봄이면 봄, 겨울이면 겨울, 웃는 꽃을 한숨으로 맞았고 얼음 같은 베개를 뜨거운 눈물로 데웠다. 몸이 아플 때, 마음이 쓸쓸할 제, 얼마나 그가 그리웠으랴! 하건만 아내는 이 모든 고생을 이를 악물고 참았었다. 참을 뿐이 아니라 달게 받았었다. 그것은 남편이 돌아오기만 하면! 하는 생각이 그에게 위로를 주고 용기를 준 까닭이었다. 남편이 동경에서 무엇을 하고 있나? 공부를 하고 있다. 공부가 무엇인가? 자세히 모른다. 또 알려고 애쓸 필요도 없다. 어찌하였든지 이 세상에 제일 좋고 제일 귀한 무엇이라 한다. 마치 옛날 이야기에 있는 도깨비의 부자(富者) 방망이 같은 것이려니 한다. 옷 나오라면 옷 나오고, 밥 나오라면 밥 나오고, 돈 나오라면 돈 나오고……저 하고 싶은 무엇이든지 청해서 아니되는 것이 없는 무엇을, 동경에서 얻어가지고 나오려니 하였었다. 가끔 놀러오는 친척들이 비단옷 입은 것과 금지환(金指環, 금반지) 낀 것을 볼 때에 그 낭상엔 마음 그윽히 부러워도 하였지만 나중엔 '남편만 돌아오면……' 하고 그것에 경멸하는 시선을 던지었다.

남편은 돌아왔지만, 그녀의 생각과는 많이 다르다

남편이 돌아왔다. 한 달이 지나가고 두 달이 지나간다. 남편의 하는 행동이 자기의 기대하던 바와 조금 배치(背馳, 반대쪽으로 향하여 어긋남)되는 듯하였다. 공부 아니한 사람보다 조금도 다른 것이 없었다. 아니다, 다르다면 다른 점도 있다. 남은 돈벌이를 하는데 그의 남편은 도리어 집안 돈을 쓴다. 그러면서도 어디인지 분주히 돌아다닌다. 집에 들면 정신없이 무슨 책을 보기도 하고 또는 밤새도록 무엇을 쓰기도 하였다.

'저러는 것이 참말 부자 방망이를 맨드는 것인가 보다.'

아내는 스스로 이렇게 해석한다.

또 두어 달 지나갔다. 남편의 하는 일은 늘 한 모양이었다. 한 가지 더한 것은 때때로 깊은 한숨을 쉬는 것뿐이었다. 그리고 무슨 근심이 있는 듯이 얼굴을 펴지 않았다. 몸은 나날이 축이 나 간다.

"무슨 걱정이 있는고?"

아내는 따라서 근심을 하게 되었다. 하고는 그 여윈 것을 보충하려고 갖가지로 애를 썼다. 곧 될 수 있는 대로 그의 밥상에 맛난 반찬가지를 붙게(양이나 수가 많게) 하며 또 고음(고기나 생선을 진하게 삶은 국. 곰) 같은 것도 만들었다. 그런 보람도 없이 남편은 입맛이 없다 하며 그것을 잘 먹지도 않았다.

또 몇 달이 지나갔다. 인제 출입을 뚝 끊고 늘 집에 붙어 있다. 걸핏하면 성을 낸다. 입버릇 모양으로 화난다, 화난다 하였다.

어느 날 새벽, 아내가 어렴풋이 잠을 깨어, 남편의 누웠던 자리를 더듬어보았다. 쥐이는 것은 이불자락뿐이다. 잠결에도 조금 실망을 아니 느낄 수 없었다. 잃은 것을 찾으려는 것처럼, 눈을 부시시 떴다. 책상 위에 머리를 쓰러뜨리고 두 손으로 그것을 움켜쥐고 있는 남편을 보았다. 흐릿한 의식이 돌아옴에 따라, 남편의 어깨가 덜석덜석 움직임도 깨달았다. 흑흑 느끼는 소리가 귀를 울린다. 아내는 정신을 바짝 차리었다. 불현듯이 몸을 일으켰다. 이윽고 아내의 손은 가볍게 남편의 등을 흔들며 목에 걸리고 나오지 않은 소리로,

"왜 이러고 계셔요."
라고 물어보았다.

"……"

남편은 아무 대답이 없다. 아내는 손으로 남편의 얼굴을 괴어 들려고 할 즈음에, 그것이 뜨뜻하게 눈물에 젖는 것을 깨달았다.

또 한 두어 달 지나갔다. 처음처럼 다시 출입이 잦아졌다. 구역이 날 듯한 술냄새가 밤늦게 돌아오는 남편의 입에서 나게 되었다. 그것은 요사이 일이다. 오늘 밤에도 지금까지 돌아오지 않았다. 초저녁부터 아내는 별별 생각을 다 하면서 남편을 고대고대하고 있었다. 지리한 시간을 속히 보내려고 치웠던 일가지를 또 꺼내었다. 그것조차 뜻같이 아니 되었다. 때때로 바늘이 헛되이 움직이었다. 마침내 그것에 찔리고 말았다.

"어데를 가서 이때껏 오시지 않아!"

아내는 이제 아픈 것도 잊어버리고 짜증을 내었다. 잠깐 그를 떠났던 공상과 환영이 다시금 그의 머리에 떠돌기 시작하였다. 이상한 꽃을 수놓은, 흰 보(褓) 위에 맛난 요리를 담은 접시가 번쩍인다. 여러 친구와 술을 권커니 잡거니 하는 광경이 보인다. 그의 남편은 미친 듯이 껄껄 웃는다. 나중에는 검은 휘장이 스르르 하는 듯이 그 모든 것이 사라져 버리더니 낭자(狼藉)한(마구 흩어져 있어 어지러운) 요리상만이 보이기도 하고, 술병만 희게 빛나기도 하고, 아까 그 기생이 한 팔로 땅을 짚고 진저리를 쳐가며 웃는 꼴이 보이기도 하였다. 또한 남편이 길바닥에 쓰러져 우는 것도 보이었다.

남편이 귀가하길 애타게 기다린다

"문 열어라!"
 문득 대문이 덜컥하고 혀가 꼬부라진 소리로 부르는 듯하였다.
"네."
 저도 모르게 대답을 하고 급히 마루로 나왔다. 잘못 신은, 발에 아니 맞는 신을 질질 끌면서 대문으로 달렸다. 중문은 아직 잠그지도 않았고 행랑방에 사람이 없지 않지마는 으례히 깊은 잠에 떨어졌을 줄 알고 자기가 뛰어나감이었다. 가느름한 손이 어둠 속에서 희게 빗장을 잡고 한참 실랑이를 한다. 대문은 열렸다.
 밤바람이 선득하게 얼굴에 앉힌다. 문 밖에는 아무도 없다! 온 골목에 사람의 그림자도 볼 수 없다. 검푸른 밤빛이 허연 길 위에 그믈그믈 깃들였을 뿐이었다.
 아내는 무엇에 놀란 사람 모양으로 한참 멀거니 서 있었다. 문득 급거히 대문을 닫친다. 마치 그 열린 사이로 악마나 들어올 것처럼.
"그러면 바람 소리였구면."
하고 싸늘한 뺨을 쓰다듬으며 해쭉 웃고 발길을 돌리었다.
"아니 내가 분명히 들었는데……혹 내가 잘못 보지를 않았나?……길바닥에나 쓰러져 있었으면 보이지도 않을 터야……."
 중간문까지 다다르자 별안간 이런 생각이 그의 걸음을 멈추게 하였다.
"대문을 또 좀 열어볼까?……아니야, 내가 헛들었지. 그래도 혹……아니야, 내가 헛들었지."

망설거리면서도 꿈꾸는 사람 모양으로 저도 모를 사이에 마루까지 올라왔다. 매우 기묘한 생각이 번개같이 그의 머리에 번쩍인다.

"내가 대문을 열었을 제 나 몰래 들어오지나 않았나?……"

과연 방 안에 무슨 소리가 나는 것 같았다. 확실히 사람의 기척이 있다. 어른에게 꾸중 모시러 가는 어린애처럼 조심조심 방 문 앞에 왔다. 그리고 문간 아래로 손을 대며 하염없이 웃는다. 그것은 제 잘못을 용서해줍시사 하는 어린애 같은 웃음이었다. 조심조심 방 문을 열었다. 이불이 어째 움직움직 하는 듯하였다.

'나를 속이려고 이불을 쓰고 누웠구먼.'

하고 마음속으로 소곤거렸다. 가만히 내려 앉는다. 그 모양이 이것을 건드려서는 큰일이 나지요 하는 듯하였다. 이불을 펄쩍 쳐들었다. 비인 요가 하얗게 드러난다. 그제야 확실히 아니 온 줄 안 것처럼,

"아니 왔구면, 안 왔어!"

라고 울 듯이 부르짖었다.

남편이 술에 취해 들어오다

남편이 돌아오기는 새로 두 점이 훨씬 지난 뒤였다. 무엇이 털썩 하는 소리가 들리고 잇달아,

"아씨, 아씨!"

라고 부르는 소리가 귀를 때릴 때에야 아내는 비로소 아직도 앉았을 자기가 이불 위에 쓰러져 있음을 깨달았다. 기실, 잠귀 어두운 할멈이

대문을 열었으리만큼 아내는 깜박 잠이 깊이 들었었다. 하건만 그는 몽경(夢境, 꿈속)에서 방황하는 정신을 당장에 수습하였다. 두어 번 얼굴을 쓰다듬자마자 불현듯 밖으로 나왔다.

  남편은 한 다리를 마루 끝에 걸치고 한 팔을 베고 옆으로 누워 있다. 숨소리가 씨근씨근 한다. 막 구두를 벗기고 일어나 할멈은 검붉은 상을 찡그려 붙이며,

"어서 일어나 방으로 들어가세요."

라고 한다.

"응, 일어나지."

  나리는 혀를 억지로 돌리어 코와 입으로 대답을 하였다. 그래도 몸은 꼼짝도 않는다. 도리어 그 개개풀린(기가 없이 흐리멍덩해진) 눈을 자려는 것처럼 스르르 감는다. 아내는 눈만 비비고 서 있다.

"어서 일어나셔요. 방으로 들어가시라니까."

  이번에는 대답조차 아니한다. 그 대신 무엇을 잡으려는 것처럼 손을 내어젓더니,

"물, 물, 냉수를 좀 주어."

라고 중얼거렸다.

  할멈은 얼른 물을 따라 이취자(泥醉者, 술이 많이 취한 사람)의 코밑에 놓았건만, 그 사이에 벌써 아까 청(請)을 잊은 것같이 취한 이는 물을 먹으려고도 않는다.

"왜 물을 아니 잡수셔요."

  곁에서 할멈이 깨우쳤다.

"응 먹지 먹어."

하고, 그제야 주인은 한 팔을 짚고 고개를 든다. 한꺼번에 물 한 대접을 다 들이켜버렸다. 그리고는 또 쓰러진다.

"에그, 또 눕네."

하고, 할멈은 우물로 기어드는 어린애를 안으려는 모양으로 두 손을 내어민다.

"할멈은 고만 가 자게."

주인은 귀치않다는 듯이 말을 한다.

이를 어찌해, 하는 듯이 멀거니 서 있는 아내도, 할멈이 고만 갔으면 하였다. 남편을 붙들어 일으킬 생각이야 간절하였지마는, 할멈이 보는데 어찌 그럴 수 없는 것 같았다. 혼인한 지가 7, 8년이 되었으니 그런 파수(破羞, 기간)야 되었으련만 같이 있어본 날을 꼽아보며, 그는 아직 갓 시집온 색시었다.

'할멈은 가 자게.'

란 말이 목까지 올라왔지만 입술에서 사라지고 말았다. 마음 그윽이 할멈이 돌아가기만 기다릴 뿐이었다.

"좀 일으켜 드려야지."

가기는커녕, 이런 말을 하고, 할멈은 선웃음을 치면서 마루로 부득부득 올라온다. 그 모양은 마치, 주인 나리가 약주가 취하시거든, 방에까지 모셔다드려야 제 도리에 옳지요, 하는 듯하였다.

"자아, 자아."

할멈은 아씨를 보고 히히 웃어가며, 나리의 등 밑으로 손을 넣는다.

"왜 이래, 왜 이래. 내가 일어날 테야."
하고, 몸을 움직이더니, 정말 주인이 부시시 일어난다. 마루를 쾅쾅 눌러 디디며, 비틀비틀, 곧 쓰러질 듯한 보조(步調, 걸음걸이의 속도나 방향)로 방 문을 향하여 걸어간다. 와지끈 하며 문을 열어 젖히고는 방 안으로 들어간다. 아내도 뒤따라 들어왔다. 할멈은 중간턱을 넘어설 제, 몇 번 혀를 차고는, 저 갈 데로 가버렸다.

남편은 말이 통하지 않는 아내가 답답하다

벽에 엇비슷하게 기대어 있는 남편은 무엇을 생각하는 듯이 고개를 숙이고 있다. 그의 말라붙은 관자놀이에 펄떡거리는 푸른 맥(脈)을 아내는 걱정스럽게 바라보면서 남편 곁으로 다가온다. 아내의 한 손은 양복 깃을, 또 한 손은 그 소매를 잡으며 화(和)한(부드러운) 목성으로(목소리로),

"자아, 벗으셔요."
하였다.

남편은 문득 미끄러지는 듯이 벽을 타고 내려 앉는다. 그의 쭉 뻗친 발끝에 이불자락이 저리로 밀려간다.

"에그, 왜 이리 하셔요. 벗자는 옷은 아니 벗으시고."

그 서슬에 넘어질 뻔한 아내는 애닯게 부르짖었다. 그러면서도 같이 따라 앉는다. 그의 손은 또 옷을 잡았다.

"옷이 구겨집니다. 제발 좀 벗으셔요."

라고 아내는 애원을 하며, 옷을 벗기려고 애를 쓴다. 하나, 취한 이의 등이 천근(千斤)같이 벽에 척 들러붙었으니 벗겨질 리가 없다. 애를 쓰다쓰다 옷을 놓고 물러앉으며,

"원 참, 누가 술을 이처럼 권하였노."

라고 짜증을 낸다.

"누가 권하였노? 누가 권하였노? 흥 흥."

남편은 그 말이 몹시 귀에 거슬리는 것처럼 곱삶는다.

"그래, 누가 권했는지 마누라가 좀 알아내겠소?"

하고 낄낄 웃는다. 그것은 절망의 가락을 띤, 쓸쓸한 웃음이었다.

아내도 따라 방긋 웃고는 또 옷을 잡으며,

"자아, 옷이나 먼저 벗으셔요. 이야기는 나중에 하지요. 오늘 밤에 잘 주무시면 내일 아침에 알으켜드리지요."

"무슨 말이야, 무슨 말이야. 왜 오늘 일을 내일로 미루어. 할 말이 있거든 지금 해!"

"지금은 약주가 취하셨으니, 내일 약주가 깨시거든 하지요."

"무엇? 약주가 취해서?"

하고 고개를 쩔레쩔레 흔들며,

"천만에, 누가 술이 취했단 말이오. 내가 공연히 이러지, 정신은 말똥말똥하오. 꼭 이야기하기 좋을 만해. 무슨 말이든지⋯⋯자아."

"글쎄, 왜 못 잡수시는 약주를 잡수셔요. 그러면 몸이 축이 나지 않아요?"

하고 아내는 남편의 이마에 흐르는 진땀을 씻는다.

이취자는 머리를 흔들며,

"아니야, 아니야, 그런 말을 듣자는 것이 아니야."

하고 아까 일을 추상(생각)하는 것처럼, 말을 끊었다가 다시금 말을 이어,

"옳지, 누가 나에게 술을 권했단 말이요? 내가 술이 먹고 싶어서 먹었단 말이요?"

"자시고 싶어 잡수신 건 아니지요. 누가 당신께 약주를 권하는지 내가 알아낼까요? 저…… 첫째는 화증(火)이 술을 권하고 둘째는 하이칼라(high collar, 취향이 새롭거나 서양식 유행을 따르는 일, 그런 사람)가 약주를 권하지요."

아내는 살짝 웃는다. 내가 어지간히 알아맞췄지요 하는 양이었다.

남편은 고소(苦笑, 어이없는 웃음)한다.

"틀렸소, 잘못 알았소. 화증이 술을 권하는 것도 아니고, 하이칼라가 술을 권하는 것도 아니오. 나에게 술을 권하는 것은 따로 있어. 마누라가, 내가 어떤 하이칼라한테나 흘려다니거나, 그 하이칼라가 늘 내게 술을 권하거니 하고 근심을 했으면 그것은 헛걱정이지. 나에게 하이칼라는 아무 소용도 없소. 나의 소용은 술뿐이요. 술이 창자를 휘돌아, 이것저것을 잊게 만드는 것을 나는 취(取)할 뿐이요."

하더니, 홀연 어조(語調)를 고쳐 감개무량하게,

"아아, 유위유망(有爲有望, 일을 할 만한 능력이 있고 앞으로 잘 될 희망이 있는)한 머리를 알코올로 마비 아니시킬 수 없게 하는 그것이 무엇이란 말이요."

하고, 긴 한숨을 내어 쉰다. 물큰물큰한 술 냄새가 방 안에 흩어진다.

아내에게는 그 말이 너무 어려웠다. 고만 묵묵히 입을 다물었다. 눈에 보이지 않는 무슨 벽이 자기와 남편 사이에 깔리는 듯하였다. 남편의 말이 길어질 때마다 아내는 이런 쓰디쓴 경험을 맛보았다. 이런 일은 한두 번이 아니었다. 이윽고 남편은 기막힌 듯이 웃는다.

"흥 또 못 알아듣는군. 묻는 내가 그르지, 마누라야 그런 말을 알 수 있겠소. 내가 설명해드리지. 자세히 들어요. 내게 술을 권하는 것은 화증도 아니고 하이칼라도 아니오. 이 사회란 것이 내게 술을 권한다오. 이 조선 사회란 것이 내게 술을 권한다오. 알았소? 팔자가 좋아서 조선에 태어났지, 딴 나라에 났더라면 술이나 얻어먹을 수 있나……."

사회란 무엇인가? 아내는 또 알 수가 없었다. 어찌하였든 딴 나라에는 없고 조선에만 있는 요리집 이름이어니 한다.

"조선에 있어도 아니 다니면 그만이지요."

남편은 또 아까 웃음을 재우친다(동작을 빠르게 하여 재촉하다). 술이 정말 아니 취한 것같이 또렷또렷한 어조로,

"허허, 기막혀. 그 한 분자(分子)된 이상에야 다니고 아니 다니는 게 무슨 상관이야. 집에 있으면 아니 권하고, 밖에 나가야 권하는 줄 아는가 보아. 그런 게 아니야. 무슨 사회란 사람이 있어서 밖에만 나가면 나를 꼭 붙들고 술을 권하는 게 아니야……무어라 할까……저 우리 조선 사람으로 성립된 이 사회란 것이, 내게 술을 아니 못 먹게 한단 말이요. ……어째 그렇소?……또 내가 설명을 해드리지. 여기 회(會)를 하나 꾸민다 합시다. 거기 모이는 사람놈 치고 처음은 민족을 위하느니, 사회를 위하느니 그러는데, 제 목숨을 바쳐도 아깝지 않으니 아니하는 놈

이 하나도 없어. 하다가 단 이틀이 못 되어, 단 이틀이 못 되어……."

한층 소리를 높이며 손가락을 하나씩 둘씩 꼽으며,

"되지 못한 명예 싸움, 쓸데없는 지위 다툼질, 내가 옳으니 네가 그르니, 내 권리가 많으니 네 권리 적으니……밤낮으로 서로 찢고 뜯고 하지, 그러니 무슨 일이 되겠소. 회(會)뿐이 아니라, 회사이고 조합이고……우리 조선놈들이 조직한 사회는 다 그 조각이지. 이런 사회에서 무슨 일을 한단 말이요. 하려는 놈이 어리석은 놈이야. 적이 정신이 바루 박힌 놈은 피를 토하고 죽을 수밖에 없지. 그렇지 않으면 술밖에 먹을 게 도무지 없지. 나도 전자에는 무엇을 좀 해보겠다고 애도 써보았어. 그것이 모다 수포야. 내가 어리석은 놈이었지. 내가 술을 먹고 싶어 먹는 게 아니야. 요사이는 좀 낫지마는 처음 배울 때에는 마누라도 알다시피 죽을 애를 썼지. 그 먹고 난 뒤에 괴로운 것이야 겪어본 사람이 아니면 알 수 없지. 머리가 지끈지끈 아프고 먹은 것이 다 돌아 올라오고……그래도 아니 먹은 것보담 나았어. 몸은 괴로워도 마음은 괴롭지 않았으니까. 그저 이 사회에서 할 것은 주정꾼 노릇밖에 없어……."

"공연히 그런 말 말아요. 무슨 노릇을 못해서 주정꾼 노릇을 해요! 남이라서……."

아내는 부지불식간(不知不識間)에 흥분이 되어 열기(熱氣) 있는 눈으로 남편을 바라보고 불쑥 이런 말을 하였다. 그는 제 남편이 이 세상에 가장 거룩한 사람이려니 한다. 따라서 어느 뉘보다 제일 잘 될 줄 믿는다. 몽롱하나마 그의 목적이 원대하고 고상한 것도 알았다. 얌전하던 그가 술을 먹게 된 것은 무슨 일이 맘대로 아니 되어 화풀이로 그러는 줄도 어렴풋이 깨달았다. 그러나 술은 노상 먹을 것이 아니다. 그러면 패가망신하고 만다. 그러므로 하루바삐 그 화가 풀리었으면, 또다시 얌전하게 되었으면 하는 생각이 그의 머리를 떠날 때가 없었다. 그리고 그날이 꼭 올 줄 믿었다. 오늘부터는, 내일부터는……하건만, 남편은 어제도 술이 취하였다. 오늘도 한 모양이다. 자기의 기대는 나날이 틀려간다. 좇아서 기대에 대한 자신도 엷어간다. 애닯고 원(冤)한 생각이 가끔 그의 가슴을 누른다. 더구나 수척해가는 남편의 얼굴을 볼 때에 그런 감정을 걷잡을 수 없었다. 지금 저도 모르게 흥분한 것이 또한 무리가 아니었다.

"그래도 못 알아듣네그려. 참, 사람 기막혀. 본 정신 가지고는 피를 토하고 죽든지, 물에 빠져 죽든지 하지, 하루라도 살 수가 없단 말이야. 흉장(胸腸, 가슴)이 막혀서 못 산단 말이야. 에엣, 기슴 답답해."
라고 남편은 소리를 지르고 괴로워서 못 견디는 것처럼 얼굴을 찌푸리며 미친듯이 제 가슴을 쥐어뜯는다.

"술 아니 먹는다고 흉장이 막혀요?"

남편의 하는 짓은 본체만체하고 아내는 얼굴을 더욱 붉히며 부르짖었다.

남편은 또 다시 나가고, 아내는 사회를 원망한다

그 말에 몹시 놀란 것처럼 남편은 어이없이 아내의 얼굴을 바라보더니 그 다음 순간에는 말할 수 없는 고뇌(苦惱)의 그림자가 그의 눈을 거쳐간다.

"그르지, 내가 그르지. 너 같은 숙맥더러 그런 말을 하는 내가 그르지. 너한테 조금이라도 위로를 얻으려는 내가 그르지. 후후."

스스로 탄식한다.

"아아 답답해!"

문득 기막힌 듯이 외마디소리를 치고는 벌떡 몸을 일으킨다. 방문을 열고 나가려 한다.

왜 내가 그런 말을 하였던고? 아내는 몹시 후회하였다. 남편의 저고리 뒷자락을 잡으며 안타까운 소리로,

"왜 어디로 가셔요? 이 밤중에 어디를 나가셔요? 내가 잘못하였습니다. 인제는 다시 그런 말을 아니하겠습니다. ……그러게 내일 아침에 말을 하자니까……."

"듣기 싫어, 놓아, 놓아요."

하고 남편은 아내를 떠다밀치고 밖으로 나간다. 비틀비틀 마루 끝까지 가서는 털썩 주저앉아 구두를 신기 시작한다.

"에그, 왜 이리 하셔요. 인제 다시 그런 말을 아니한 대도……."

아내는 뒤에서 구두 신으려는 남편의 팔을 잡으며 말을 하였다. 그의 손을 떨고 있었다. 그의 눈에는 단박에 눈물이 쏟아질 듯하였다.

"이건 왜 이래, 저리로 가!"

배앝는 듯이 말을 하고 휙 뿌리친다. 남편의 발길이 뚜벅뚜벅 중문에 다다랐다. 어느덧 그 밖으로 사라졌다. 대문 빗장소리가 덜컥 하고 난

다. 마루 끝에 떨어진 아내는 헛되어 몇 번,

"할멈! 할멈!"

하고 불렀다. 고요한 밤공기를 울리는 구두 소리는 점점 멀어간다. 발자취는 어느덧 골목 끝으로 사라져 버렸다. 다시금 밤은 적적히 깊어 간다.

"가버렸구먼, 가버렸어!"

그 구두 소리를 영구히 아니 잃으려는 것처럼 귀를 기울이고 있는 아내는 모든 것을 잃었다 하는 듯이 부르짖었다. 그 소리가 사라짐과 함께 자기의 마음도 사라지고, 정신도 사라진 듯하였다. 심신(心身)이 텅 비어진 듯하였다. 그의 눈은 하염없이 검은 밤안개를 물끄러미 바라보고 있다. 그 사회란 독(毒)한 꼴을 그려보는 것같이.

쓸쓸한 새벽 바람이 싸늘하게 가슴에 부딪친다. 그 부딪치는 서슬에 잠 못 자고 피곤한 몸이 무서실 듯이 시긋하었나.

죽은 사람에게서나 볼 수 있는 해쓱한 얼굴이 경련적으로 떨며 절망한 어조로 소근거렸다.

"그 몹쓸 사회가, 왜 술을 권하는고!"

이야기 따라잡기

　밤이 깊어가도록 남편은 집에 돌아오지 않고 있다. 남편을 기다리던 아내는 바느질을 하다 바늘에 찔려 화를 낸다. 이 부부는 7~8년 전에 남편이 중학을 마쳤을 때 결혼했지만 함께한 시간은 일 년 남짓이다. 곧 남편이 동경에 공부를 하러 가 그곳에서 대학까지 졸업했기 때문이다. 그동안 외로움을 견디며 다른 이들이 금반지 등을 자랑할 때, 남편만 돌아오면 그것은 아무것도 아니라고 생각하며 그들을 경멸했었다.
　남편이 돌아왔다. 하지만 아내의 기대에 어긋나기만 하다. 공부 아니 한 사람과 다른 점도 없이 분주히 돌아다니며 집안 돈을 가져다 쓰기만 하더니, 이젠 술만 마시고 다닌다. 아내의 머릿속에 술 취한 남편의 모습이 계속 그려질 때 밖에서 문이 열리며 남편이 부르는 소리가 들리는 것 같아 급히 나가보았지만 바람 소리일 뿐이었다.
　자기도 모르게 쓰러져 자다가 할멈이 부르는 소리에 나가보니 남편이 술에 취해 들어와 마루에 쓰러져 있다. 간신히 방으로 들어온 남편은 옷도 벗지 않고 벽에 기대어 앉는다. 남편의 옷을 벗기던 아내는 누가 남편에게 이렇게 술을 권하였나 하며 짜증을 낸다. 남편은 웃으며 자신에게 술을 권한 게 무엇인지 맞추어보라 하고, 아내는 화증과 하이칼라라고 대답한다. 남편이 이 사회란 것이 자신에게 술을 권한다고 말하자 아내는 사회가 조선에만 있는 요릿집 이름이라 생각하여 아니 다니면 그만이지 않느냐고 반문하다. 남편은 술을 먹을 수밖에 없는 사회를 비판하며 자신이 할 것은 주정꾼 노릇밖에 없다고 한다. 그러나 아내는 남편의 말을 이해하지 못하고 할 노릇이 없어 주정꾼 노릇을 하냐며 흥분한다. 남편은 자신의 말을 알아듣지 못하는 아내가 답답해서 화를 내며 붙잡는 아내를 밀치고 밖으로 나가버린다.

아내는 가버린 남편 뒤에서 모두 것을 잃은 것처럼 부르짖으며 술을 권한 몹쓸 사회를 다시 한 번 원망한다.

쉽게 읽고 이해하기

남편의 고뇌와 아내의 무지

「술 권하는 사회」는 1921년 『개벽』에 발표한 작품으로, 시대와 사회에 적응하지 못하는 지식인의 고통을 다루고 있다.

'남편'은 일본에서 공부를 하고 돌아온 인물로, 시대와 현실에 적응하지 못하는 모습을 보인다. 자신이 살고 있는 이 사회에 문제가 있다는 것을 알지만 그것을 극복할 방법을 찾지 못한다. 그저 고뇌하고 방황하다가 술을 마시고 좌절하는 모습을 보일 뿐이다. 또한 그는 무지한 아내를 이해하는 것도, 이해시키는 일도 하지 못한다.

아내는 남편이 겪는 고통을 함께 하고자 하지만, 남편이 말하는 '사회'를 그저 '조선에 있는 요릿집 중의 하나'로 생각하는 무지한 여인이다. 아내의 이런 면이 남편의 고뇌를 한층 더하는 또 하나의 원인이기도 할 것이다.

사회가 술을 권한다?

 남편은 자신에게 술을 권하는 것은 '사회'라고 한다. 그는 '사회'의 무엇 때문에 이렇게 술을 마시는 것일까?

 이 소설의 주인공은 고등 교육을 받고 사회적 출세의 야망이나 자신의 뜻을 펼치고 싶다는 야망을 지닌 젊은 지식인이다. 그러나 그는 식민지 사회의 모순된 현실이라는 벽에 부딪쳐 실의와 좌절에 빠진다. 여기에서 작가 관심의 초점은 주로 부정적인 사회적 현실과의 갈등으로 고민하는 주인공의 내면 분석 표현에 두고 있으나, 이를 통하여 3·1운동 실패 이후 식민지 사회가 안고 있는 모순과 한계, 그리고 지적·정신적 풍토를 또한 굴절적으로 표현하고 있다. 다양한 모습으로 좌절을 표현하는 주인공의 모습은 당시 지식인을 대표하면서 동시에 조선의 현실을 은연중에 보이기도 한다.

 사건은 아내를 통해 집이라는 공간에서 진행되지만, 이야기의 중심은 사회에 있다. 문제의 원인이 사회에 있음을 직·간접적으로 나타내었다는 점에서 개인과 사회의 관계를 투시하려는 작가의 의식을 알 수 있다.

'나중에'라는 길을 통해서는 이르고자 하는 곳에 결코 이를 수 없다.
— 스페인 격언

「할머니의 죽음」(『백조(白潮)』, 1923. 9)은

할머니의 죽음을 지켜보는 가족들의 행동과

심리상태를 형상화한 작품으로

죽음을 바라보는

각기 다른 인간의 내재된 본성과

모습을 드러내며

우리 스스로를 생각하게 하는 작품이다.

할머니의 죽음

'조모주 병환 위독'

등장인물

할머니 나이가 들어 죽음에 가까이 가고 있다. 하지만 죽음을 거부하는 몸짓을 보이고, 그 모습을 지켜보는 자손들은 은근히 지쳐간다.

중모 할머니를 곁에서 극진히 모시며 정성을 다하지만, 자신의 효심을 드러내어 다른 사람을 꾸짖는 수단으로 사용하기도 한다.

나 작품의 화자. 할머니와 중모, 자손들의 행동을 곁에서 지켜보고 서술한다.

할머니의 죽음

할머니가 위독하다는 전보를 받고 고향에 내려간다

'조모주(주로 편지글에서 할머니를 이르는 말) 병환 위독'

3월 그믐날 나는 이런 전보를 받았다. 이는 ××에 있는 생가(生家)에서 놓은 것이니 물론 생가 할머니의 병환이 위독하단 말이다. 병환이 위독은 하다 해도 기실 모나게(특별하게) 무슨 병이 있는 게 아니다. 벌써 여든둘이나 넘은 그 할머니는 작년 봄부터 시름시름 기운이 쇠진해서 가끔 가물가물하기 때문에 그동안 자손들로 하여금 한두 번 아니게 바쁜 걸음을 치게 하였다.

그 할머니의 오 년 맏인 양조모(養祖母, 양할머니)는 갑자기 울기 시작하였다.

"아이고— 이승에서는 다시 못 보겠다. 동서라도 의로 말하면 친형제나 다름이 없었다— 육십 년을 하루같이 어디 뜻 한 번 거실러 보았을까—"

연해연방(계속해서) 이런 넋두리를 섞어가며 양조모는 울었다. 운다 하여도 눈 가장자리가 붉어지고 목소리가 떨릴 뿐이었다. 워낙 연만(年滿, 나이가 많음)한 그는 제법 울음답게 울 근력조차 없었다.

"그래도 그 할머니는 팔자가 좋으시다. 자손이 늘은 듯하고 — 아이고."

끝으로 이런 말을 하며 울음이 한숨으로 변하였다. 자기가 너무 수(壽, 오래 삶)한 까닭으로 외동자들을 앞세워 원이 되고 한이 되어 노상 자기의 생을 저주하는 그는 아들이 둘(본래 셋이더니 그중에 중부(仲父, 아버지의 형제 가운데서, 큰아버지 외의 아버지의 형을 이르는 말)가 일찍이 돌아갔다), 직손자가 여덟이나 되는 그 할머니를 언제든지 부러워하였다.

"지금 돌아가시면 호상(好喪, 오래 살고 복을 많이 누리다가 죽은 사람의 상)이지. 아드님이 백발이 허연데—."라고, 양모(養母, 양어머니)도 맞방망이를 치며 눈을 멍하게 뜬다. 나도 과연 그렇기도 하겠다 싶었다.

나는 그날 ×차로 ××를 향하고 떠났다. 새로 석 점이 지나 기차를 내린 나는 벌써 돌아가시지나 않았나고 염려를 마지않으며 캄캄한 좁은 골목을 돌아들어 생가(生家)의 삽짝('사립문'의 방언) 가까이 다다를 제 곡성이 나는 듯 나는 듯하여 마음이 조마조마하였다. 하건만 다행히 그 불길한 소리가 들리지 않았다. 삽짝은 빠끔히 열려 있었다.

할머니는 겨우 숨이 붙어 있는 상태이다

마당에 들어서니 추녀 끝에 달린 그을음 앉은 괘등(掛燈, 전각이나 누각의 천장에 매다는 등)이 간 반밖에 아니 되는 마루와 좁직한 뜰을 쓸쓸하게 비추고 있었다. 우물 둑과 장독간의 사이에 위는 거적으로 덮고 양 가는 삿자리로 두른 울막을 보고 나는 가슴이 덜컥하고 내려앉았다. 상청(喪廳, 죽은 이와 그에 딸린 물건을 차려놓은 곳)이 아닌가―.

그러나 나는 어림의 짐작은 틀리었다. 마루에 올라선 내가 안방 아랫방에서 뛰어나온 잠 못 잔 피로한 얼굴들에게 이끌리어 할머니의 거처하는 단칸 건넌방으로 들어가니 할머니는 깔아진 듯이 아랫목에 누웠으되 오히려 숨은 붙어 있었다. 그 앞에 앉은 나를 생선의 그것 같은 흐릿한 눈자위로 의아롭게 바라본다.

"얘가 누구입니까. 어머니 얘가 누구입니까."

예안(禮安) 이씨로, 예절 알기와 효성 있기로 집안 중에 유명한 중모(仲母, 둘째아버지의 부인)는 나를 가리키며 병자의 귀에 대고 부르짖었다.

"몰라―."

환자는 단이 그르렁그르렁하면서 귀찮은 듯이 대꾸하였다.

"내가 누구입니까, 할머니!"

나는 그 검버섯이 어룽어룽한 뼈만 남은 손을 만지면 물어보았다. 나의 소리는 떨리었다.

"저를 모르시겠습니까. 제가 ○○이 아닙니까."

"응, 네가 ○○이냐…."

우는 듯이 이런 말을 하고 그윽하나마 내가 잡은 손에 힘을 주는 듯하였다. 그 개개풀린 눈동자 가운데도 반기는 빛이 역력히 움직였다.

중모는 밤을 새가며 할머니의 곁을 지킨다

할머니의 병환이 어젯밤에는 매우 위중해서 모두 밤새움을 한 일, 누구누구 자손을 찾던 일, 그중에 내 이름도 부르던 일, 지금은 한결 돌린 일… 온갖 것을 중모는 나에게 아르켜주었다(알려주었다). 나는 그날 밤을 누울락 앉을락, 깰락 졸락 할머니 곁에서 밝혔다. 모였던 자손들이 제각기 돌아간 뒤에도 중모만은 할머니 곁을 떠나지 않았다. 불교의 도신자인 그는 잠 오는 눈을 비비기도 하고 기침으로 목청을 가다듬기도 하면서 밤새도록 염불을 그치지 않았다. 그 소리는 적적한 새벽녘에 해가(海歌)와 같이 처량히 들렸다. 나는 새삼스럽게 그 효심의 지극함과 그 정서의 놀라움에 탄복하였다.

각지에 있는 자손들이 모여든다

아침저녁으로 각지에 흩어져 있는 자손들이 모여들기 시작하였다. 방이라야 단지 셋밖에 없는데, 안방은 어머니, 형수들이 점령하고 뜰아랫방 하나 있는 것은 아버지, 삼촌, 당숙들에게 빼앗긴 우리 젊은이 패―사, 육촌 형제들은 밤이 되어도 단 한 시간을 눈 붙일 곳이 없었다. 이웃집에 누누이 교섭한 끝에 방 한 칸을 빌려서 번 차례로 조금씩 쉬기로 하였다. 이 짧은 휴식이나마 곰비임비(거듭하여, 계속하여) 교란되었나니 그것은 십 분들이로 집에서 불러들이는 까닭이다. 아버지와 삼촌네들의 큰 심부름 잔심부름도 적지 않았지만 할머니 곁에 혼자 앉은 증모의 꾸준한 명령일 때가 많았다. 더욱이 밤새 한 시에나 두 시에나 간신히 잠을 들어 꿀보다 더 단잠이 온몸에 나른하게 퍼진 새벽녘에 우리는 끄들리어 일어나는 수밖에 없었다.

증모의 지극한 효성에 한순간 의구심을 가지다

"할머니 병환이 이렇듯 위중하신데 너희는 태평치고 잠을 잔단 말이냐."
우리가 건넌방에 들어서면 그는 다짜고짜로 야단을 쳤다. 그중에도 가장 나이 어리고 만만한 내가 이 꾸중받이가 되었다. 인정사정 없는 그의 태도가 불쾌는 하였지만 도덕적 우월을 빼앗긴 우리는 대꾸 한 마디 할 수 없었다.
"나를 뭐란 말이냐. 나는 한 달이나 밤을 새웠다. 며칠들이나 된다고."
졸음 오는 눈을 비비는 우리를 보고 그는 자랑스럽게 또 이런 꾸중도 하였다.
'놀라운 효성을 부리는 게 도무지 우리 야단칠 밑천을 장만하는 게로구나.'
나는 속으로 꿀꺽꿀꺽하며 이런 생각을 하였다.

할머니께서 몇 차례 고비를 넘기시다

한 번은 또 그의 명령으로 우리는 건넌방에 모여들었다. 그 방 문을 열어젖히었는데 문지방 위에 할머니의 지팡이가 놓이고 그 밑에 또 신으시던 신이 놓여 있었다. 방 안 할머니의 머리맡에는 다라니(석가모니의 가르침을 담은 것으로, 신비한 힘을 가진 것으로 믿는 주문, 또는 주문을 적은 경전)가 걸려 있다.

'할머니가 운명을 하시나 보다!'

우리는 번개같이 이런 생각을 하며 할머니 곁으로 다가들었다. 그는 담을 그르렁그르렁 거리며 혼혼히 누워 있었다. 중모는 흐르는 눈물을 걷잡지 못하며 그의 귀에 들이대고 울음소리로 아미타불과 지장보살을 구슬프게 부르짖고 있었다.

한동안 엄숙한 긴장이 여기 있었다. 모두 같은 일을 기대하면서.

십 분! 이십 분! 환자의 신상에는 아무 별증(별다른 증세)이 나타나지 않았다.

"아마, 잠이 드신 모양입니다."

이윽고 아버지가 이 긴장한 침묵을 깨뜨렸다. 그리고 중모를 향하여,

"잠 주무시게스리 염불(念佛)을 고만 뫼십시오."

하고, 나가버렸다. 그 뒤를 따라 빽빽하게 들어섰던 자손들이 하나씩 둘씩 헤어졌다.

그래도 눈물을 섞어가며 염불을 말지 않던 중모가 얼마 뒤에 제물에(저 혼자 스스로) 부처님 찾기를 그치었다. 그리고 끝끝내 남아 있던 나에게 할머니가 중부가 왔다고 하던 일, 자기를 데리러 교군(가마)이 왔다던 일, 중모의 손을 비틀며 어서 가자고 야단을 치던 일을 이야기하였다. 그러다가 숨구멍에서 무엇이 꿀꺽하더니 그만 저렇게 정신을 잃으신 것을 설명해 들리었다.

그날 저녁때에 할머니는 여상히(평소와 다름 없이) 깨어나셨다. 이런 일이 한두 번이 아니었다. 몇 번이나 신과 지팡이가 놓였다 치었다, 다라니가 벽에 걸리었다 떼었다 하였다. 그러는 동안에 자손의 얼굴은 자꾸자꾸 축이 나갔다. 말하기는 안되었지만 모두 불언 중에 할머니의 하루바삐 끝장나기를 기다리고 있었다. 관조차 맞추어서 칠까지 먹여 놓았다. 내가 처음 오던 날 상청이 아닌가고 놀래던 그 울막도 이 관을 놓아두려는 의짓간(집채의 처마 밑에 잇대어 지은 칸)이었다.

할머니가 그간 극진히 모시던 부처를 거부한다

그러하건만 할머니는 연하 한 모양으로 그물그물하다가 또 정신을 차리었다. 아니 정신이 돌아오는 때가 도리어 많아간다. 자기 앞에 들어서는 자손들을 거의 틀림없이 알아맞췄다.

그리고 가끔 몸부림을 치면서 일으켜 달라고 야단을 쳤다. 이럴 때에 중모는 거북스럽게도 염불을 모시었다

"어머니 어머니, 가만히 계셔요. 가만히 계셔요."

그는 몸부림하는 할머니를 제지하면서 이렇게 타일렀다.

"저를 따라 염불을 외셔요. 나무아미타불, 나무아미타불."

"나 일어날란다."

"에그, 왜 그러셔요. 가만히 계셔요, 제발 덕분에. 나무아미타불, 나무아미타불……."

"나무아미타불, 나무아미타불."

할머니는 마지못하여 중모를 따라 두어 번 입술을 달싹달싹하더니 또 얼굴을 찡그리며 애원하는 어조로,

"인제 고만 뫼시고 날 좀 일으켜 다고. 내 인제 고만 가련다."

"인제 가세요! 가만히 누워 가시지요. 왜 일어나시긴. 나무아미타불…… 왕생극락…… 나무아미타불……"

할머니는 귀찮아 못 견디겠다는 듯이 팔을 내어 저으며,

"듣기 싫다, 염불 소리 듣기 싫다! 인제 고만해라."

하며 몸을 일으키려고 애를 쓴다.

"그게 무슨 말씀입니까."

중모는 질색을 하며 더욱 비장(悲壯)하게 부처님을 찾았다.

"듣기 싫다! 듣기 싫어. 나는 고만 갈 테야."

할머니는 또 이렇게 재우쳤다.

나는 이 광경을 보고 적이 의외의 감이 있었다. — 할머니는 중모보다 못하지 않은 불교의 독신자이다. 몇십 년을 하루 같이 새벽마다 만수향(부처 앞에 태우는 향의 이름)을 켜놓고 염불 모시기를 잊지 않은 어른이다. 정신이 혼혼된 뒤에도 염주(念珠) 담은 상자와 만수향만은 일일이 아랑곳하던 어른이다.

"……하루에도 만수향을 세 갑 네 갑 켜시겠지. 금방 사다드리면 세 개씩 네 개씩 당장 다 켜버리시고 또 안 사온다고 꾸중이시구나……."

작년 가을 내가 귀성하였을 제 계모가 웃으며 할머니의 노망 이야기를 하는 가운데 만수향 켜는 것을 그 하나로 헤아렸다.

그러하던 할머니가 왜 지금 와서 염불을 듣기 싫다는가? 그다지 할

머니는 일어나고 싶으신가? 죽어가면서도 일어나려는 이 본능 앞에는 모든 것이 권위를 잃은 것인가?

일어나고 싶어 하시는 할머니를 중모가 만류하다

"저렇게 일어나시려니 좀 일으켜 드리지요."
나는 보다 못해 이런 말을 했다.
"안 된다, 일으켜 드릴 수가 없다. 하도 저러시길래 한 번 일으켜 드렸더니 어떻게 아파하시는지 차마 뵈올 수가 없었다."
"어째 그래요?"
나는 이렇게 반문하였다. 이 반문에 대한 중모의 설명은 더욱 놀란 것이었다.

할머니가 작년 봄부터 맑은 정신을 잃은 결과에 늙은이가 어린애 된다고, 뒤를 가리지 않게 되었다. 게다가 이 두어 달 전부터 물을 자꾸 청해 잡수시고 옷에고 요바닥에 함부로 뒤를 보았다. 그것을 얼른 빨아드리지 못한 때문에 제물에 뭉쳐지고 말라붙은 데다가 뜨거운 불목에 데이어 궁둥이 언저리가 모두 벗겨졌다. 그러므로 일어나려면 그곳이 당기고 배기어 아파하는 것이라 한다.

이 말을 들은 나는 할머니를 모로 누이고 그 상처를 보았다. 그 자리는 손바닥 넓이만치나 빨갛게 단 쇠로 지진 듯이 시커멓게 벗겨졌는데 그 위에는 하얀 테가 징그럽게 끼었고 그 가장자리는 독기를 품고 아른아른히 부르터 올라 있다. 나는 차마 더 볼 수가 없었다. 이것이 무슨 일인가!

양조모, 양모가 부러워하던 늘은 듯한 자손은 다 무엇을 하고 우리 할머니를 이 지경이 되게 하였는가? 왜 자주 옷을 갈아 입혀 드리며 빨아 드리지 못하였는가? 이 직접 책임자인 계모가 더할 수 없이 괘씸하였다.

할머니의 상처를 보고 화가 나지만, 어쩔 수 없다는 걸 안다

그러나 가만히 생각해보면 그를 그르다고도 할 수 없다. 위에도 말하였거니와 할머니가 이리 된 지는 하루 이틀이 아니다. 벌써 몇 달이 되었다. 이 긴 시일에 제 아무리 효부(孝婦)라 한들 하루도 몇 번을 흘리는 뒤를 그때 족족 빨아낼 수 없으리라. 더구나 밤에 그런 것이야, 일일이 알 수도 없으리라. 하물며 계모는 시집오던 첫날부터 골머리를 앓으리만큼 큰 병객이다. 병명은 의원에 따라 혹은 변두리머리라고도 하고 혹은 뇌진이라고도 하고 혹은 선천 부족(先天 不足)이라고도 하였지마는 하나도 고쳐주지는 못하였다. 삼십이 될락 말락하건만 육십이나 칠십이 다 된 노인 모양으로 주야장천(晝夜長川, 밤낮으로 계속) 자리보전하고 누워 있는 터이다. 제 몸이 괴로우니 모든 것이 싫은 것이다. 그리고 나까지 아우르면 아버지 슬하에 아들만 넷이나 되건마는 지금 육십 노경에 받드는 어느 아들, 어느 며느리 하나 없다. 집안이 넉넉지 못한 탓으로 사방에 흩어져서 제 입 풀칠하기에 눈코를 못 뜨는 까닭이다.

이 책임을 누구에게 돌릴까? 나는 알 수가 없었다. 쓴 물만 입 안에 돌 뿐이다.

할머니는 나에게 자기를 일으켜 달라고 조른다

그 후에 또 이런 일이 있었다. 어느 때 내가 할머니 곁에 갔을 적이었다. 할머니는 그 뼈만 남은 손으로 나의 손을 만지고 있었다.

"○○아, ○○아."

할머니는 문득 나를 불렀다.

"인제는 다시 못 보겠다, 인제는 다시 못 보겠다."

"왜 그런 말씀을 하십니까?"

"인제 내가 안 죽니, 그런데 너, 내 청 하나 들어주겠니."

"네? 무슨 말씀입니까?"

"나, 나 좀 일으켜 다고."

나는 눈물이 날듯이 감동하였다. 어찌 차마 이 청을 떼칠 건가. 나는 다짜고짜로 두 손을 할머니 어깨 밑으로 넣으려 하였다. 이것을 본 중모는 깜짝 놀라며 나를 말렸다.

"얘, 네가 왜 또 그러니. 일으켜 드리면 아파하신대두 그애가 그리네."

"그때 약을 사다드렸으니 그 자리가 인제는 아물었겠지요."

나는 데었단 말을 듣던 그날 약 사다드린 것을 생각하고 이런 말을 하였다.

"아니야, 아직 다 낫지 않았어. 오늘 아침에도 일으켜 드렸더니 몹시 아파하시더라."

나는 주춤하였다. 할머니의 앓는 것이 애처로웠음이다.

"어머니! 어머니! 가만히 누워 계셔요, 네? 일어나시면 아프십니다."

중모는 또 잔상히(부드럽고 친절하게) 타이르듯 말하였다. 할머니는 물끄러미 나와 중모를 번갈아 보시더니 단념한 듯이 눈을 감았다. 한참 앉아 있다가 나는 몸을 일으켰다. 이때에 할머니가 눈을 번쩍 뜨며 문득,

"어데를 가?"

라고 물었다. 나는 주춤 발길을 멈추었다.

할머니의 이상한 행동을 보고 자손들이 웃다

할머니는 퀭한 눈으로 이윽고 나를 쳐다보더니 무엇을 잡을 듯이 손을 내어 저으며 우는 듯한 소리로,

"서방님! 제발 나를 좀 일으켜 주십시오. 서방님, 제발 나를 좀 일으켜 주십시오."

라고 부르짖었다.

"에그머니! 그게 무슨 말입니까? 그애가 ○○이 아닙니까. 서방님이 무엇이야요."

중모는 바싹 할머니에게 다가들며 애처롭게 알려드렸다. 이때 마침 할머니가 잡수실 배즙을 가지고 들어오던 둘째 형수가 무슨 구경거리나 생긴 듯이 안방을 향하고 외쳤다.

"에그, 할머니 좀 보아요! 서울 아우님더러 서방님! 서방님! 하십니다."

이 외침을 듣고 자부들은 모여들었다. 그들의 눈은 호기심에 번쩍이고 있었다. 나는 또 할머니의 청을 물리칠 수는 없었다. 그것이 어떤 나쁜 영향을 초치(招致)할지라도 아니 일으켜 드릴 수 없었다.

그러나 할머니는 요바닥 위로 반 자를 떠나지 못하여,

"아야야—"

라고 외마디소리를 쳤다. 나는 얼른 들어 올리던 손을 뺄 수밖에 없었다.

다시금 눕기 싫어하던 요 위에 누운 뒤에도 할머니는 앓기를 말지 않았다. 적지아니한 꾸중을 모시었다.

이윽고 조금 진정이 되더니만 또 팔을 내저으며 기를 쓰고 가슴을 덮은 이불자락을 자꾸자꾸 밀어 내리었다. 감기나 들까 염려하는 중모는 그것을 꾸준히 도로 집어 올렸다.

할머니는 손을 내어밀더니 이번에는 내 조끼 단추를 붙잡아 당기었다.

"왜 이리 하십니까? 단추를 빼란 말씀입니까?"

할머니는 고개를 끄덕이었다. 끄덕였다 하여도 끄덕이려는 의사를 보였을 뿐이었다. 나는 단추 한 개를 빼었다. 그래도 할머니는 자꾸 조끼이 단추아 씨름을 맡지 아니하였다. 나는 단추를 낱낱이 빼는 수밖에 없었다. 그리고 나니 그는 또 옷고름과 실랑이를 시작하였다.

"옷고름을 끄를까요?"

"응!"

나는 옷고름을 끌렀다. 끄른 뒤에 할머니는 또 소매를 잡아당기었다.

"왜 이리 하셔요?"

"버, 벗어라, 답답치 않니?"

여기저기서 물어 멈추려고 애쓰는 웃음이 키키 하였다.

나는 경멸과 모욕의 시선을 그들에게 던졌다. 자기가 얼마나 답답하고 갑갑하길래 남의 단추 끼운 것과 옷고름 맨 것과 저고리 입은 것조차 답답해 보일 것이랴! 여기는 쓰디쓴 눈물과 살을 더미는 슬픔이 있어야 하겠거늘, 이 기막힌 광경을 조소로 맞아야 옳을까?

나는 곧 그들에게 침이라도 뱉고 싶었다. 하되 나의 마음을 냉정하게 살펴본즉 슬프다! 나에게는 그들을 모욕할 권리가 없었다. 형수들 앞에서 앞가슴을 풀어 젖히라는 할머니가 민망스럽기도 하고 딱하기도 하였다. 환자를 가엾다고 생각하면서도 나의 속 어디인지 웃음이 움직인 것은 부정할 수 없는 사실이었다. 더구나 내가 젊은이 패가 모인 이웃집 방에 들어갔을 제 무슨 재미스러운 일이나 보고 온 사람 모양으로 득의양양히 이 이야기를 하고서 허리를 분질렀다ㅡ.

할머니의 병세에 대해 의논이 분분하다

거기에서는 할머니의 병세에 대하여 의논이 분분하였다. 그들은 하나도 한가한 이가 없었다. 혹은 변호사, 혹은 은행원, 혹은 회사원으로 다 무한년(無限年, 시간의 제한 없이)하고 있을 수 없는 형편이었다.

"나는 암만해도 내일은 좀 가보아야 되겠는데, 나는 그 전보를 보고 벌서 돌아가신 줄 알았어. 올 때에 친구들이 북포(北布, 옛날 함경북도에서 생산하던 삼베)니 뭐니 부의(賻儀, 초상난 집에 부조로 보내는 돈이나 물건)를 주길래 아직 돌아가시지도 않았는데 이게 웬일이냐 하니까, 그 사람들 말이, 돌아가셔도 자손들에게 그렇게 전보를 놓으니, 하데그려. 그래 모두 받아왔는데…… 허허허……."

그중에 제일 연장자로 쾌활하고 말 잘하는 백형(伯兄, 맏형)은 웃음 섞어 이런 말을 하고 있었다.

"암만해도 오늘 내일 돌아가실 것 같지는 않는데…… 이거 큰일났는걸, 가는 수도 없고……"

"딴은 곧 돌아가실 것 같지는 않아……."

은행원으로 있는 육촌은 이렇게 맞방망이를 쳤다.

"의사를 불러서 진단을 해보는 것이 어떨까요?"

부산 방직회사에 다니는 사촌이 이런 제의를 하였다.

"옳지, 참 그래보아야 되겠군."

아버지께 이 사연을 아뢰었다.

"시방 그물그물(날씨가 개었다 흐렸다 하는 것처럼, 정신이 온전하지 못한 상태) 하시지 않나, 그러면 하여간 의원을 좀 불러올까."

의원은 아버지와 절친한 김 주부(主簿, 한약방을 차리고 있는 사람을 이르는 말)를 청해오기로 하였다.

갓을 쓴 그 의원은 얼마 아니 되어 미륵(彌勒, 돌부처를 이르는 말) 같은 몸뚱이를 환자 방에 나타내었다. 매우 정신을 모으는 듯이 눈을 내리감고 한나절이나 진맥을 하더니 고개를 절레절레 흔들며 물러앉는다.

"매우 말씀하기 안되었소마는 아마 오늘밤이 아니면 내일은 못 넘길 것 같소."

매우 말하기 어려운 듯이, 기실 조금도 말하기 어렵지 않은 듯이, 그 의원은 최후의 판결을 언도하였다.

"글쎄, 그래 워낙 노쇠하여서 오래 부지를 하실 수 없지……."

그러면 그렇지 하는 얼굴로 아버지는 맞방망이를 쳤다.

가려던 자손은 또 붙잡히었다. 그러나 할머니는 그날 저녁부터 한결 돌리었다. 가끔 잡수실 것을 찾기도 하였다. 잡숫는 건 고작해야 배즙, 국물에 만 한 술도 안 되는 진지였다. 죽과 미음은 입에 대기도 싫어하였다. 그리고 전일에 발라드린 양약(洋藥)의 효험이 나서 상처가 아물었던지 자부와 손부에게 부축되어 꽤 오래 일어나 앉게도 되었다.

양의의 말을 들은 자손들은 각기 일상으로 돌아간다

그 이튿날이 무사히 지나가자 한의(韓醫)의 무지를 비소하고 다른 것은 몰라도 환자의 수명이 어느 때까지 계속될 시간 아는 데 들어서는 양의(洋醫)가 나으리라는 우리 젊은 패의 주장에 의하여 ××의원 원장으로 있는 천엽(千葉) 의학사(醫學士)를 불러오게 되었다.

그는 진찰한 결과에 다른 증세만 겹치지 않으면 이삼 주일은 무려(無慮, 아무 염려하는 것이 없음)하리라 하였다.

"그래, 그저 그럴 거야. 아직 괜찮으신데 백주에 서둘고 야단을 했지." 하고, 일이 바쁜 백형(伯兄)은 그날 밤으로 떠나갔다.

할머니의 병세가 많이 호전되고, 나도 서울로 올라온다

그 이튿날 아침이었다.

우리가 집에 돌아오니까 할머니 곁을 떠난 적 없는 중모가 마당에서 한가롭게 할머니의 뒤 흘린 바지를 빨고 있다가 웃는 낯으로 우리를 맞으며,

"할머님이 오늘 아침에는 혼자 일어나셨다. 시방 진지를 잡수시고 계시다. 어서 들어가 뵈어라."

나는 뛰어들어갔다. 자부와 손부의 신기해 여기는 시선을 받으면서 할머니는 정말 진지를 잡숫고 있었다.

나는 빙글빙글 웃으며,

"할머니, 어떻게 일어나셨습니까?"

할머니는 합죽한 입을 오물오물하여 막 떠넣은 밥 알맹이를 삼키고,

"내가 혼자 일어났지, 어떻게 일어나긴. 흉악한 놈들, 암만 일으켜 달라니 어데 일으켜 주어야지. 인제 나 혼자라도 일어난다."

하며 자랑스럽게 대답하였다.

"어제 의원이 왔지요. 인제 할머니가 곧 나으신대요."

"정말 낫겠다고 하든, 응?"

하고 검버섯 핀 주름을 밀며 흔연(欣然, 매우 기쁘거나 반가워 기분이 흐뭇함)한 웃음의 그림자가 오래간만에 그의 볼을 스쳤다. 나의 눈엔 어쩐지 눈물이 핑 돌았다.

그날 밤차로 모였던 자손들은 제각기 흩어졌다. 나도 그날 밤에 서울로 올라왔다.

봄날, 할머니의 죽음을 전보로 받게 된다

어느 아름다운 봄날이었다……. 말갛게 개인 하늘은 구름 한 점도 없고 아른아른한 아지랑이가 그 하늘거리는 깁(명주실로 바탕을 조금 거칠게

짠 비단) 올로 봄 비단을 짜내는 어느 아름다운 봄날이었다. 나는 깨끗하게 춘복(春服)을 차리고 친구 몇몇과 우이동 앵화(櫻花, 벚꽃) 구경을 막 나가려던 때이었다. 이때에 뜻 아니한 전보 한 장이 닥치었다.

'오전 3시 조모주 별세'

이야기 따라잡기

 3월 그믐날, 나는 시골 본가에 계시는 할머니가 위독하다는 전보를 받고 그날로 시골에 내려간다. 여든둘이 넘은 할머니는 기운이 쇠진해 자손들이 이런 일로 한두 번 급히 찾아가게 하곤 했다.
 혹시 벌써 돌아가셨을까 하며 집에 가까이 다가들었더니 다행히 곡성은 들리지 않는다. 할머니는 숨은 붙어 있으나 기운이 없고 많이 위독한 상태였다. 중모가 손자가 왔다고 소리쳐 말하자 할머니는 기운이 없는 와중에도 나를 반기는 눈빛을 보인다.
 아침저녁으로 각지에서 소식을 들은 자손들이 모여들었다. 방이라고는 셋밖에 없어 이웃 집의 방 한 칸을 빌려 지내면서 돌아가며 할머니의 곁을 지킨다. 중모는 잠도 자지 않고 밤새도록 할머니를 간호하고, 잠을 자는 자손들을 꾸짖기도 한다.
 할머니는 몇 번씩 고비를 넘기면서 오히려 정신이 돌아오는 때가 많아진다. 그리고 가끔 몸부림을 치고 어딘가를 가겠다고 하며 일으켜 달라고 난리이다. 그런 할머니는 제지하며 중모는 자신이 외는 염불을 따라 외라고 하는데 굉장한 불교신자이신 할머니는 몇십 년간 지극했던 염불 모시기를 잊은 사람처럼 염불 소리가 듣기 싫다고 화를 낸다.

나는 앉고 싶어 하시는 할머니를 일으켜 드리자고 하지만 중모는 안 된다고 한다. 알고 보니 할머니는 그간 앓아누워 계시면서 뒤를 가리지 못하게 되셨고 그것이 문제가 되어 엉덩이가 상했기 때문이다. 나는 순간 화가 났지만 어느 누구에게도 이 책임을 돌릴 수 없다는 것을 알기 때문에 약만 사다드릴 뿐이다.

며칠 뒤 할머니는 또 자신을 일으켜 달라고 한다. 하지만 중모는 아직 다 낫지 않아 안 된다고 한다. 그러자 순간 할머니가 우는 듯한 소리로 나를 '서방님'이라고 부른다. 그리고 답답한 듯 나를 보며 자꾸 옷을 벗으라 하신다. 철 없는 식구들은 그 광경을 보며 터져나오는 웃음을 참고, 나는 그들의 행동에 한심함을 느낀다.

한편 방에 모인 자손들은 할머니의 병환에 대해 이야기가 분분하다. 직장을 다니느라 한가한 이가 없었기 때문이다.

자손들은 의견을 모아 한의사를 불러 맥을 짚어본다. 그는 할머니가 오늘 내일을 넘기기 어렵다고 한다. 하지만 진단과 달리 할머니는 날이 갈수록 건강해진다. 이번엔 양의를 불러와 진찰해보자 이삼 주일은 괜찮으시겠다고 한다. 이튿날부터 할머니는 혼자 앉기도 하고 음식도 드신다. 그 모습을 본 자손들은 제각기 일상으로 돌아가고, 나도 그날 밤에 서울로 올라온다.

  그리고 어느 아름다운 봄날, 친구들과 벚꽃 구경을 가려고 막 나가려던 참에 할머니가 돌아가셨다는 전보를 받는다.

쉽게 읽고 이해하기

할머니의 죽음을 바라보는 시각

이 소설은 할머니의 죽음을 지켜보는 가족들의 행동과 심리상태를 잘 형상화한 작품이다. 가족들의 시각은 크게 양조모, 중모, 자손들로 구분할 수 있다.

기본적으로 이들은 할머니의 죽음이 호상(好喪)이라는 관념을 가지고 있다. 그것은 할머니가 여든두 살이나 되도록 살았고, 자손을 많이 두어 남부럽지 않은 삶을 살았다는 점에 있다. 이것은 사회적 통념이며, 가족들은 물론 화자인 '나'도 자연스럽게 받아들이는 인식이다.

한 사람의 죽음을 극단의 슬픔으로 받아들이지 않으려고 하는 것은 인간의 보편적인 심리이며, 그 점을 별다른 인식 없이 받아들이는 사람들의 관념을 작가는 세밀하게 관찰한다.

먼저 양조모는 '호상'을 적극적으로 받아들인다. 비록 지금 돌아가시더라도 할머니는 자손도 늘고 오래 사셨다며 팔자가 좋으시다고 한다. 그런 이야기 끝에는 결국 자신의 신세타령으로 이어진다. 다른 이의 죽음이 슬프기는 하지만 결국 자신과 거리가 존재한다는 것을 느끼게 하는 부분이다.

중모와 '나'의 시각도 큰 차이가 있지는 않다. 중모는 정성을 다해 할머니를 모셨다. 집안에서 예절과 효성으로 유명한 인물이니 만큼 그녀의 효성은 작가인 '나'도 인정하는 바이다. 한 달 넘게 밤을 지새며 할머니를 간병하고, 극락왕생을 기원하며 위험한 고비를 넘나드는 할머니에게 끊임없이 염불을 외운다. 이렇게 겉으로 드러난 효행은 뭐라 지적할 수 없을 만큼 대단하다.

하지만 그 효행을 그녀가 도덕적 우월감으로 은근히 과시할 때 '나'는 잠깐이나마 의구심을 가지게 된다. 효행은 대단하지만 그것이 진정으로 할머니를 위한 것인지, 아니면 그녀 스스로가 우월감을 가지기 위해 하는 행동인지에 대해 말이다. 자손들의 느슨한 정신상태와 행동에 비해 상대적으로 중모의 효행은 더욱 극대화되고, 중모는 자신에 미치지 못하는 자손들에게 심리적으로 우월감을 맛보는 형태를 가졌으리라는 추측이 가능하다. 이러한 점을 '나'는 독백을 통해 확연하게 드러낸다.

'놀라운 효성을 부리는 게 도무지 우리 야단칠 밑천을 장만하는 게로구나.'

하지만 '나'는 이 말을 밖으로 내뱉지는 못한다. 자신은 중모만큼 할 수 없다는 걸 알기 때문이다.

　다른 자손들은 사실 할머니를 귀찮아하고 있다. 모두 사회에서 직장을 다니고 있기 때문에 언제까지나 할머니가 돌아가시기를 기다릴 수 없기 때문이다. 곧 돌아가실 것 같던 할머니가 의식을 찾으시자 그들은 서둘러 의사를 부른다. 이유는 자신들이 원하는 대답을 듣기 위해서이다. 빨리 돌아가시거나, 아니면 기운을 차리시거나 둘 중의 하나가 되어야 이곳에서의 일을 마무리하고 다시 일상으로 돌아갈 수 있기 때문이다. 한의의 말을 듣고 하루 이틀 기다리던 이들은 할머니가 그 고비를 넘기고 점점 기운을 차리자 이제는 양의를 부른다. 이삼 주일은 괜찮으리라는 양의의 말을 들은 그들은 서둘러 각자의 삶으로 복귀한다.

　또한 할머니가 나를 '서방님'이라고 부르고 '나'의 옷 단추를 푸는 행동을 했을 때 그 모습을 보고 웃는 자손들의 모습은 죽음을 접하는 사람의 행동이라고 보기 어려울 정도로 할머니의 죽음을 너무나 먼 거리에서 지켜보고 있다.

이 소설의 의도는 무엇일까?

　이처럼 화자는 그들의 태도에 의구심을 가지고 속상해하지만 마냥 비판적으로 이야기하진 않는다. 왜냐하면 자신에게도 그런 일면이 있음을 알고 있기 때문이다. 여기에서 이 소설이 인간의 보편적 심리의 일면을 드러내는 데 의도를 두고 있음을 알 수 있다. 화자 또한 그런 심리를 인정하면서 인간이란 누구나 조금은 잘못된 사상을 지니고 살아가는 존재라는 것을 말하고 있다.

　죽음을 바라보는 각기 다른 인간의 내재된 본성과 모습을 드러내며 우리 스스로를 생각할 수 있는 여지를 두는 작품이다.

내가 발견한 것 중 가장 귀중한 것은 인내였다.
— 아이작 뉴턴(영국의 수학자 겸 철학자, 1642~1727)

「운수 좋은 날」(『개벽』, 1924. 6)은

김첨지라는 인력거꾼의 하루 일과를

다룬 작품으로,

가난 속에 죽어간 아내의 모습을 통해

당시 비참하고 비극적인 하층민의 삶을

부각시킨 현진건의 대표 단편소설이다.

운수 좋은 날

"이 눈깔! 이 눈깔! 왜 나를 바루 보지 못하고 천장만 바라보느냐, 응?"

등장인물

김첨지 가난한 인력거꾼. 오랫동안 앓고 있는 아내와 어린 아들을 두고 있다. 내뱉는 말투는 거칠고 무뚝뚝하지만 마음은 따뜻하고 진심이 담겨 있는 인물이다.

김첨지의 아내 병을 앓고 있지만 돈이 없어 끼니도 제때 챙겨 먹지 못한다. 먹고 싶어 하던 설렁탕 국물도 먹지 못하고 남편이 없는 사이 죽음을 맞게 된다.

치삼 김첨지의 친구. 마찬가지로 가난한 서민이다. 술집에서 함께 술을 마시며 푸념을 들어주고 그를 달래준다.

운수 좋은 날

오래간만에 운수가 좋은 날이다

　새침하게 흐린 품이 눈이 올듯하더니, 눈은 아니 오고 얼다가 만 비가 추적추적 내리었다.
　이날이야말로 동소문 안에서 인력거꾼 노릇을 하는 김첨지에게는 오래간만에도 닥친 운수 좋은 날이었다. 문 안에(거기도 문밖은 아니지만) 들어간답시는 앞집 마나님을 전찻길까지 모셔다드린 것을 비롯하여 행여나 손님이 있을까 하고 정류장에서 어정어정하며 내리는 사람 하나하나에게 거의 비는 듯한 눈길을 보내고 있다가, 마침내 교원인 듯한 양복장이를 동광학교(東光學)까지 태워다주기로 되었다.
　첫 번에 삼십 전, 둘째 번에 오십 전…… 아침 댓바람에 그리 흉하지 않은 일이었다. 그야말로 재수가 옴붙어서 근 열흘 동안 돈 구경도 못한 김첨지는 십 전짜리 백통화 서 푼, 또는 다섯 푼이 찰깍하고 손바닥에 떨어질 제 거의 눈물을 흘릴 만큼 기뻤었다. 더구나 이날 이때에 이 팔십 전이라는 돈이 그에게 얼마나 유용한지 몰랐다. 컬컬한 목에 모주(술을 거르고 남은 찌끼에 물을 타서 뿌옇게 거른 탁주) 한 잔도 적실 수 있거니와, 그보다도 앓는 아내에게 설렁탕 한 그릇도 사다줄 수 있음이다.

오랫동안 아픈 아내에게 설렁탕을 사줄 수 있게 되었다

그의 아내가 기침으로 쿨룩거리기는 벌써 달포가 넘었다. 조밥도 굶기를 먹다시피 하는 형편이니 물론 약 한 첩 써본 일이 없다. 구태여 쓰려면 못 쓸 바도 아니로되, 그는 병이란 놈에게 약을 주어 보내면 재미를 붙여서 자꾸 온다는 자기의 신조(信條)에 어디까지 충실하였다. 따라서 의사에게 보인 적이 없으니 무슨 병인지는 알 수 없으나, 반듯이 누워 가지고 일어나기는커녕 새로에 모로도 못 눕는 걸 보면 중증은 중증인 듯. 병이 이대도록 심해지기는 열흘 전에 조밥을 먹고 체한 때문이다. 그때도 김첨지가 오래간만에 돈을 얻어서 좁쌀 한 되와 십 전 짜리 나무 한 단을 사다 주었더니 김첨지의 말에 의하면, 오라질(오라에 묶여갈 만한. 미워하는 상대나 못마땅한 일에 대해 하는 욕) 년이 천방지축(天方地軸)으로 냄비에 대고 끓였다. 마음은 급하고 불길은 닿지 않아 채 익지도 않은 것을 그 오라질 년이 숟가락은 고만두고 손으로 움켜서 두 뺨에 주먹덩이 같은 혹이 불거지도록 누가 빼앗을 듯이 처박질하더니만 그날 저녁부터 가슴이 땅긴다, 배가 켕긴다 하고 눈을 홉뜨고 지랄을 하였다. 그때 김첨지는 열화와 같이 성을 내며,

"에이, 오라질 년, 조랑복(지지리 펴지 않는 보잘것없는 복)은 할 수가 없어, 못 먹어 병, 먹어서 병, 어쩌란 말이야! 왜 눈을 바루 뜨지 못해!"

하고 앓는 이의 뺨을 한 번 후려갈겼다. 홉뜬 눈은 조금 바루어졌건만 이슬이 맺히었다. 김첨지의 눈시울도 뜨끈뜨끈하였다.

환자가 그러고도 먹는 데는 물리지 않았다. 사흘 전부터 설렁탕 국물이 마시고 싶다고 남편을 졸랐다.

"이런 오라질 년! 조밥도 못 먹는 년이 설렁탕은 또 처먹고 지랄병을 하게."

라고 야단을 쳐보았건만, 못 사주는 마음이 시원치는 않았다.

인제 설렁탕을 사줄 수도 있다. 앓는 어미 곁에서 배고파 보채는 개똥이(세살먹이)에게 죽을 사줄 수도 있다. ……팔십 전을 손에 쥔 김첨지의 마음은 푼푼하였다(넉넉하였다).

그러나 그의 행운은 그걸로 그치지 않았다. 땀과 빗물이 섞여 흐르는 목덜미를 기름 주머니가 다 된 왜목 수건으로 닦으며, 그 학교 문을 돌아나올 때였다. 뒤에서 "인력거!" 하고 부르는 소리가 났다. 자기를 불러 멈춘 사람이 그 학교 학생인 줄 김첨지는 한 번 보고 짐작할 수 있었다. 그 학생은 다짜고짜로,

"남대문 정거장까지 얼마요?"

라고 물었다. 아마도 그 학교 기숙사에 있는 이로 동기(冬期) 방학을 이용하여 귀향하려 함이로다. 오늘 가기로 작정은 하였건만, 비는 오고 짐은 있고 해서 어찌 할 줄 모르다가 마침 김첨지를 보고 뛰어나왔음

이리라. 그렇지 않다면 왜 구두를 채 신지 못해서 질질 끌고, 비록 '고꾸라(두껍게 짠 면직물)' 양복일망정 노박이(끊임없이, 계속)로 비를 맞으며 김첨지를 뒤쫓아 나왔으랴.

"남대문 정거장까지 말씀입니까?"

하고, 김첨지는 잠깐 주저하였다. 그는 이 우중(雨中)에 우장(비를 맞지 않기 위해 차려 입은 복장)도 없이 그 먼 곳을 칠벅거리고 가기가 싫었음일까? 처음 것, 둘째 것으로 고만 만족하였음일까? 아니다. 결코 아니다. 이상하게도 꼬리를 맞물고 덤비는 이 행운 앞에 조금 겁이 났음이다. 그리고 집을 나올 제 아내의 부탁이 마음에 켕기었다.

앞집 마나님한테서 부르러 왔을 제 병인은 그 뼈만 남은 얼굴에 유월의 샘물 같은 유달리 크고 움푹한 눈에다 애걸하는 빛을 띠우며,

"오늘은 나가지 말아요. 제발 덕분에 집에 붙어 있어요. 내가 이렇게 아픈데……."

하고 모기 소리같이 중얼거리며 숨을 걸그렁걸그렁 하였다. 그래도 김첨지는 대수롭지 않은 듯이,

"압다, 젠장맞을 년. 빌어먹을 소리를 다 하네. 맞붙들고 앉았으면 누가 먹여 살릴 줄 알아."

하고 훌쩍 뛰어나오려니까 환자는 붙잡을 듯이 팔을 내저으며,

"나가지 말라도 그래, 그러면 일찍이 들어와요."

하고 목메인 소리가 뒤를 따랐다.

정거장까지 가잔 말을 들은 순간에 경련적으로 떠는 손, 유달리 큼직한 눈, 울듯한 아내의 얼굴이 김첨지의 눈앞에 어른어른하였다.

"그래, 남대문 정거장까지 얼마란 말이요?"

하고 학생은 초조한 듯이 인력거꾼의 얼굴을 바라보며 혼잣말같이,

"인천 차가 열한 점에 있고, 그 다음에는 새로 두 점이던가."

라고 중얼거린다.

"일 원 오십 전만 줍시요."

이 말이 저도 모를 사이에 불쑥 김첨지의 입에서 떨어졌다. 제 입으로 부르고도 스스로 그 엄청난 돈 액수에 놀래었다. 한꺼번에 이런 금액을 불러라도 본 지가 그 얼마만인가! 그러자, 그 돈 벌 용기가 병자에 대한 염려를 사르고 말았다. 설마 오늘 안으로 어떠랴 싶었다. 무슨 일이 있더라도 제일 제이의 행운을 곱친 것보다도 오히려 갑절이 많은 이 행운을 놓칠 수 없다 하였다.

"일 원 오십 전은 너무 과한데."

이런 말을 하며 학생은 고개를 기웃하였다.

"아니올시다. 릿수로 치면 여기서 거기가 시오 리가 넘는답니다. 또 이런 진 날에는 좀 더 주셔야지요."

하고 빙글빙글 웃는 차부(마차나 우차 따위를 부리는 사람)의 얼굴에는 숨길 수 없는 기쁨이 넘쳐흘렀다.

"그러면 달라는 대로 줄 터이니 빨리 가요."

관대한 어린 손님은 그런 말을 남기고 총총히 옷도 입고 짐도 챙기러 갈 데로 갔다.

그 학생을 태우고 나선 김첨지의 다리는 이상하게 가뿐하였다. 달음질을 한다느니보다 거의 나는 듯하였다. 바퀴도 어떻게 속히 도는지

군다느니보다 마치 얼음을 지쳐 나가는 '스케이트' 모양으로 미끄러져 가는 듯하였다. 언 땅에 비가 내려 미끄럽기도 하였지만.

아픈 아내를 생각하니 다리가 무거워진다

이윽고 끄는 이의 다리는 무거워졌다. 자기 집 가까이 다다른 까닭이다. 새삼스러운 염려가 그의 가슴을 눌렀다.

'오늘은 나가지 말아요. 내가 이렇게 아픈데.'

이런 말이 잉잉 그의 귀에 울렸다. 그리고 병자의 움쑥 들어간 눈이 원망하는 듯이 자기를 노려보는 듯하였다. 그러자 엉엉 하고 우는 개똥이의 곡성도 들은 듯싶다. 딸국딸국 하고 숨 모으는 소리도 나는 듯싶다.

"왜 이러우? 기차 놓치겠구먼."

하고, 탄 이의 초조한 부르짖음이 간신히 그의 귀에 들려왔다. 언뜻 깨달으니 김첨지는 인력거 채를 쥔 채 길 한복판에 엉거주춤 멈춰 있지 않은가.

"예, 예"

하고 김첨지는 또다시 달음질하였다. 집이 차차 멀어갈수록 김첨지의 걸음에는 다시금 신이 나기 시작하였다. 다리를 재게 놀려야만 쉴새없이 자기의 머리에 떠오르는 모든 근심과 걱정을 잊을 듯이…….

정거장까지 끌어다주고 그 깜짝 놀란 일 원 오십 전을 정말 제 손에 쥠에, 제 말마따나 십리나 되는 길을 비를 맞아가며 질펵거리고 온 생각은 아니하고, 거저 얻은 듯이 고마웠다. 졸부나 된 듯이 기뺐다. 제 자식뻘밖에 안 되는 어린 손님에게 몇 번 허리를 굽히며,

"안녕히 다녀옵시오."

라고, 깍듯이 재우쳤다(빨리 하여 몰아쳤다).

그러나 빈 인력거를 털털거리며 이 우중에 돌아갈 일이 꿈 밖이었다. 노동으로 하여 흐른 땀이 식어지자 굶주린 창자에서, 물 흐르는 옷에서 어슬어슬 한기가 솟아나기 비롯하매 일 원 오십 전이란 돈이 얼마나 괜찮고 괴로운 것인 줄 절실히 느끼었다. 정거장을 떠나는 그의 발길은 힘 하나 없었다. 온몸이 옹송그려지며 당장 그 자리에 엎어져 못 일어날 것 같았다.

"젠장맞을 것! 이 비를 맞으며 빈 인력거를 털털거리고 돌아를 간담. 이런 빌어먹을, 제 할미를 붙을 비가 왜 남의 상판을 딱딱 때려!"

그는 몹시 화증을 내며 누구에게 반항이나 하는 듯이 게걸거렸다. 그럴 즈음에 그의 머리엔 또 새로운 광명이 비쳤나니, 그것은 '이러구 갈 게 아니라 이 근처를 빙빙 돌며 차 오기를 기다리면 또 손님을 태우게 될는지도 몰라.'란 생각이었다. 오늘 운수가 괴상하게도 좋으니까 그런 요행이 또 한 번 없으리라고 누가 보증하랴. 꼬리를 굴리는 행운이 꼭 자기를 기다리고 있다는 내기를 해도 좋을 만한 믿음을 얻게 되었다. 그렇지만 정거장 인력거꾼의 등살이 무서워 정거장 앞에 섰을 수가 없었다. 그래 그는 이전에도 여러 번 해본 일이라 바로 정거장에서 조금 떨어져서 사람 다니는 길과 전찻길 틈에 인력거를 세워놓고, 자기는 그 근처를 빙빙 돌며 형세를 관망하기로 하였다. 얼마만에 기차

는 왔고 수십 명이나 되는 손이 정류장으로 쏟아져 나왔다. 그중에서 손님을 물색하던 김첨지의 눈에 양머리에 뒤축 높은 구두를 신고 망토까지 두른 기생 퇴물(어떤 직업에 종사하다가 물러난 사람을 얕잡아 이르는 말)인 듯, 난봉 여학생인 듯한 여편네의 모양이 띄었다. 그는 슬근슬근 그 여자의 곁으로 다가들었다.

"아씨, 인력거 아니 타시랍시요?"

그 여학생인지 뭔지가 한참은 매우 때깔(거만한 태도)을 빼며 입술을 꼭 다문 채 김첨지를 거들떠보지도 않았다. 김첨지는 구경하는 거지나 무엇같이 연해연방 그의 기색을 살피며,

"아씨 정거장 애들보담 아주 싸게 모셔다 드리겠습니다. 댁이 어디신가요?"

하고 추근추근하게도 그 여자의 들고 있는 일본식 버들고리짝에 제 손을 대었다.

"왜 이래? 남 귀찮게."

소리를 벽력같이 지르고는 돌아선다. 김첨지는 어랍시요 하고 물러섰다.

불안한 마음으로 계속 손님을 받는다

전차는 왔다. 김첨지는 원망스럽게 전차 타는 이를 노리고 있었다. 그러나, 그의 예감을 틀리지 않았다. 전차가 빡빡하게 사람을 싣고 움직이기 시작하였을 제 타고 남은 손 하나가 있었다. 굉장하게 큰 가방

을 들고 있는 걸 보면 아마 붐비는 차 안에 짐이 크다 하여 차장에게 밀려 내려온 눈치였다. 김첨지는 대어 섰다.

"인력거를 타시랍시요."

한동안 값으로 실랑이를 하다가 육십 전에 인사동까지 태워다주기로 하였다.

인력거가 무거워지매 그의 몸은 이상하게도 가벼워졌다. 그리고 또 인력거가 가벼워지니 몸은 다시금 무거워졌건만 이번에는 마음조차 초조해온다. 집의 광경이 자꾸 눈앞에 어른거리어 이젠 요행(뜻밖의 행운)을 바랄 여유도 없었다. 나무 등걸이나 무엇만 같고 제 것 같지도 않은 다리를 연해 꾸짖으며 갈팡질팡 뛰는 수밖에 없었다. 저놈의 인력거꾼이 저렇게 술이 취해 가지고 이 진 땅에 어찌 가노 하고, 길 가는 사람이 걱정을 하리만큼 그의 걸음은 황급하였다. 흐리고 비 오는 하늘은 어둠침침한 게 벌써 황혼에 가까운 듯하다. 창경원 앞까지 다다라서야 그는 턱에 닿는 숨을 돌리고 걸음도 늦추잡았다. 한 걸음 두 걸음 집이 가까워올수록 그의 마음은 괴상하게 누그러졌다. 그런데 이 누그러짐은 안심에서 오는 게 아니요, 자기를 덮친 무서운 불행이 박두(기일이나 시기가 가까이 닥쳐옴)한 것을 두려워하는 마음에서 오는 것이다. 그는 불행이 닥치기 전 시간을 얼마쯤이라도 늘리려고 버르적거렸다. 기적에 가까운 벌이를 하였다는 기쁨을 할 수 있으면 오래 지니고 싶었다. 그는 두리번두리번 사면을 살피었다. 그 모양은 마치 자기 집, 곧 불행을 향하고 달려가는 제 다리를 제 힘으로는 도저히 어찌할 수 없으니 누구든지 나를 좀 잡아다오, 구해다오 하는 듯하였다.

선술집에서 친구들과 술을 마신다

그럴 즈음에 마침 길가 선술집에서 친구 치삼이가 나온다. 그의 우글우글 살진 얼굴은 주홍이 오른 듯, 온 턱과 뺨을 시커멓게 구레나룻이 덮였거늘, 노르탱탱한 얼굴이 바짝 말라서 여기저기 고랑이 패이고 수염도 있대야 턱밑에만, 마치 솔잎 송이를 거꾸로 붙여놓은 듯한 김첨지의 풍채하고는 기이한 대상을 짓고 있었다.

"여보게 김첨지, 자네 문 안 들어갔다 오는 모양일세 그려, 돈 많이 벌었을 테니 한 잔 빨리게."

뚱뚱보는 말라깽이를 보든 맡에 부르짖었다. 그 목소리는 몸짓과 딴판으로 연하고 싹싹하였다. 김첨지는 이 친구를 만난 게 어떻게 반가운지 몰랐다. 자기를 살려준 은인이나 무엇같이 고맙기도 하였다.

"자네는 벌써 한잔 한 모양일세 그려. 자네도 재미가 좋아보이."
하고 김첨지는 얼굴을 펴서 웃었다.

"압다. 재미 안 좋다고 술 못 먹을 낸가. 그런데 여보게, 자네 왼몸이 어째 물독에 빠진 새앙쥐 같은가? 어서 이리 들어와 말리게."

선술집은 훈훈하고 뜨뜻하였다. 추어탕을 끓이는 솥뚜껑을 열 적마다 뭉게뭉게 떠오르는 흰 김, 석쇠에서 빠지짓빠지짓 구워지는 너비아니 구이며, 제육이며, 간이며, 콩팥이며, 북어며, 빈대떡……

이 너저분하게 늘어놓은 안주 탁자에 김첨지는 갑자기 속이 쓰려서 견딜 수 없었다. 마음대로 할 양이면 거기 있는 모든 먹음먹이(먹음직스러운 음식들)를 모조리 깡그리 집어삼켜도 시원치 않았다. 하되, 배고픈 이는 우선 분량 많은 빈대떡 두 개를 쪼이기로 하고 추어탕을 한 그릇 청하였다. 주린 창자는 음식맛을 보더니 더욱더욱 비어지며 자꾸자꾸 들이라 들이라 하였다. 순식간에 두부와 미꾸리('미꾸라지'의 방언) 든 국 한 그릇을 그냥 물같이 들이키고 말았다. 셋째 그릇을 받아들었을 제 데우던 막걸리 곱빼기 두 잔이 더웠다. 치삼이와 같이 마시자 원원이 (원래부터 계속) 비었던 속이라 찌르르 하고 창자에 퍼지며 얼굴이 화끈 하였다. 눌러 곱빼기 한 잔을 또 마셨다.

김첨지의 눈은 벌써 개개풀리기 시작하였다. 석쇠에 얹힌 떡 두 개를 숭덩숭덩 썰어서 볼을 볼록거리며 또 곱빼기 두 잔을 부어라 하였다

치삼은 의아한 듯이 김첨지를 보며,

"여보게 또 붓다니, 벌써 우리가 넉 잔씩 먹었네. 돈이 사십 전일세." 라고 주의시켰다.

"아따 이놈아, 사십 전이 그리 끔찍하냐? 오늘 내가 돈을 막 벌었어. 참 오늘 운수가 좋았느니."

"그래 얼마를 벌었단 말인가?"

"삼십 원을 벌었어, 삼십 원을! 이런 젠장맞을, 술을 왜 안 부어…… 괜찮다, 괜찮아. 막 먹어도 상관이 없어. 오늘 돈 산더미같이 벌었는데."

"어, 이 사람 취했군, 그만두세."

"이놈아, 이걸 먹고 취할 내냐? 어서 더 먹어."

하고는 치삼의 귀를 잡아치며 취한 이는 부르짖었다. 그리고, 술을 붓는 열다섯 살 됨직한 중대가리(중처럼 빡빡 깎은 머리, 또는 그렇게 깎은 사람을 속되게 부르는 말)에게로 달려들며

"이놈, 오라질 놈, 왜 술을 붓지 않어."

라고 야단을 쳤다. 중대가리는 희희 웃고 치삼을 보며 문의하는 듯이 눈짓을 하였다. 주정꾼이 이 눈치를 알아보고 화를 버럭 내며,

"에미를 붙을 이 오라질 놈들 같으니, 이놈 내가 돈이 없을 줄 알고?"

하자마자 허리춤을 훔척훔척하더니 일 원짜리 한 장을 꺼내어 중대가리 앞에 펄쩍 집어던졌다. 그 사품에(어떤 동작이나 일이 진행되는 바람에) 몇 푼 은전이 잘그랑하며 떨어진다.

"여보게 돈 떨어졌네, 왜 돈을 막 끼얹나."

이런 말을 하며 일변 돈을 줍는다. 김첨지는 취한 중에도 돈의 거처를 살피는 듯이 눈을 크게 떠서 땅을 내려다보다가 불시에 제 하는 짓이 너무 더럽다는 듯이 고개를 소스라치자 더욱 성을 내며,

"봐라 봐! 이 더러운 놈들아, 내가 돈이 없나, 다리 뼉다구를 꺾어놓을 놈들 같으니."

하고 치삼이 주워주는 돈을 받아,

"이 원수엣 돈! 이 육시를 할 돈!"

하면서 팔매질(작고 단단한 것을 힘껏 던지는 짓)을 친다. 벽에 맞아 떨어진 돈은 다시 술 끓이는 양푼에 떨어지며 정당한 매를 맞는다는 듯이 쨍

하고 울었다.

곱빼기 두 잔은 또 부어질 겨를도 없이 말려가고 말았다. 김첨지는 입술과 수염에 붙은 술을 빨아들이고 나서 매우 만족한 듯이 그 솔잎 송이 수염을 쓰다듬으며,

"또 부어, 또 부어!"

라고 외쳤다.

친구들에게 아내가 죽었다는 농담을 한다

또 한 잔 먹고 나서 김첨지는 치삼의 어깨를 치며 문득 껄껄 웃는다. 그 웃음소리가 어찌나 컸던지 술집에 있는 이의 눈이 모두 김첨지에게로 몰리었다. 웃는 이는 더욱 웃으며,

"여보게 치삼이, 내 우스운 이야기 하나 할까? 오늘 손을 태우고 정거장에까지 가지 않았겠나."

"그래서?"

"갔다가 그저 오기가 안 됐데그려, 그래 전차 정류장에서 어름어름하며 손님 하나를 태울 궁리를 하지 않았나. 거기 마침 마나님이신지 여학생이신지, 요새야 어디 논다니(웃음과 몸을 파는 여자를 속되게 이르는 말)와 아가씨를 구별할 수가 있던가. 망토를 잡수시고 비를 맞고 서 있겠지. 슬근슬근 가까이 가서 인력거를 타시랍시오 하고 손가방을 받으랴니까 내 손을 탁 뿌리치고 핵 돌아서더니만 '왜 남을 이렇게 귀찮게 굴어!' 그 소리야말로 꾀꼬리 소리지, 허허!"

김첨지는 교묘하게도 정말 꾀꼬리 같은 소리를 내었다. 모든 사람은 일시에 웃었다.
  "빌어먹을 깍쟁이 같은 년, 누가 저를 어쩌나, '왜 남을 귀찮게 굴어!' 어이구 소리가 체신도 없지, 허허"
  웃음소리들은 높아졌다. 그런 그 웃음소리들이 사라지기 전에 김첨지는 훌쩍훌쩍 울기 시작하였다.
  치삼은 어이없이 주정뱅이를 바라보며,
  "금방 웃고 지랄을 하더니 우는 건 무슨 일인가?"
  김첨지는 연해 코를 들여마시며,
  "우리 마누라가 죽었다네."
  "뭐, 마누라가 죽다니, 언제?"
  "이놈아 언제는. 오늘이지."
  "예끼 미친놈, 거짓말 말아."
  "거짓말은 왜, 참말로 죽었어…… 참말로. 마누라 시체를 집에 뼈들 쳐놓고 내가 술을 먹다니, 내가 죽일 놈이야 죽일 놈이야."
하고 김첨지는 엉엉 소리 내어 운다.
  치삼은 흥이 조금 깨어지는 얼굴로,
  "원 이 사람아 참말을 하나, 거짓말을 하나. 그러면 집으로 가세, 가."
하고 우는 이의 팔을 잡아당기었다.
  치삼의 끄는 손을 뿌리치더니 김첨지는 눈물이 글썽글썽한 눈으로 싱그레 웃는다.
  "죽기는 누가 죽어."

하고 득의양양.

"죽기는 왜 죽어, 생떼같이(몸이 튼튼하고 병 없이) 살아만 있단다. 그 오라질 년이 밥을 죽이지. 인제 나한테 속았다."
하고 어린애 모양으로 손뼉을 치며 웃는다.

"이 사람이 정말 미쳤단 말인가. 나도 아주머네가 앓는단 말은 들었었는데."
하고 치삼이도 어떤 불안을 느끼는 듯이 김첨지에게 또 돌아가라고 권하였다.

"안 죽었어, 안 죽었대도 그래."

김첨지는 화증을 내며 확신 있게 소리를 질렀으되 그 소리엔 안 죽은 것을 믿으려고 애쓰는 가락이 있었다. 기어이 일 원어치를 채워서 곱빼기를 한 잔씩 더 먹고 나왔다. 궂은 비는 의연히 주적주적 내린다.

설렁탕을 사오지만 아내를 이미 죽어 있다

김첨지는 취중에도 설렁탕을 사가지고 집에 다다랐다. 집이라 해도 물론 셋집이요, 또 집 전체를 세든 게 아니라 안과 뚝 떨어진 행랑방 한 간을 빌어 든 것인데 물을 길어대고 한 달에 일 원씩 내는 터이다. 만일 김첨지가 주기를 띠지 않았던들 한 발을 대문에 들여놓았을 제 그곳을 지배하는 무시무시한 정적(靜寂)—폭풍우가 지나간 뒤의 바다 같은 정적에 다리가 떨렸으리라. 쿨룩거리는 기침 소리도 들을 수 없다. 그르렁거리는 숨소리조차 들을 수 없다. 다만 이 무덤 같은 침묵을 깨뜨리는 – 깨뜨린다느니보다 한층 더 침묵을 깊게 하고 불길하게 하는 빡빡하는 그윽한 소리, 어린애의 젖 빠는 소리가 날 뿐이다. 만일 청각이 예민한 이 같으면, 그 빡빡 소리는 빨 따름이요, 꿀떡꿀떡하고 젖 넘어가는 소리가 없으니, 빈 젖을 빤다는 것도 짐작할는지 모르리라.

혹은 김첨지도 이 불길한 침묵을 짐작했는지도 모른다. 그렇지 않으면 대문에 들어서자마자 전에 없이,

"이 난장맞을 년, 남편이 들어오는데 나와보지도 않아, 이 오라질 년."

이라고 고함을 친 게 수상하다. 이 고함이야말로 제 몸을 엄습해오는 무시무시한 증을 쫓아버리려는 허장성세(虛張聲勢, 실력은 없으면서 헛소문과 허세로 떠벌림)인 까닭이다.

하여간 김첨지는 방 문을 왈칵 열었다. 구역을 나게 하는 추기('추깃물'의 준말. 송장이 썩어 흐르는 물) – 떨어진 삿자리(갈대를 엮어 만든 자리) 밑에서 나온 먼지내, 빨지 않은 지저귀에서 나는 똥내와 오줌내, 가지각색 때가 켜켜이 앉은 옷내, 병인의 땀 섞은 내가 섞인 추기가 무딘 김첨지의 코를 찔렀다.

방 안에 들어서며 설렁탕을 한구석에 놓을 사이도 없이 주정꾼은 목청을 있는 대로 다 내어 호통을 쳤다.

"이 오라질 년, 주야장천 누워만 있으면 제일이야! 남편이 와도 일어나지를 못해."

라는 소리와 함께 발길로 누운 이의 다리를 몹시 찼다. 그러나 발길에 채이는 건 사람의 살이 아니고 나무등걸과 같은 느낌이 있었다. 이때에 빽빽 소리가 응아 소리로 변하였다. 개똥이가 물었던 젖을 빼어놓고 운다. 운대도 온 얼굴을 찡그려 붙여서 운다는 표정을 할 뿐이다. 응아 소리도 입에서 나는 게 아니고, 마치 뱃속에서 나는 듯하였다. 울다가 울다가 목도 잠겼고 또 울 기운조차 쇠진한 것 같다.

발로 차도 그 보람이 없는 걸 보자 남편은 아내의 머리맡으로 달려들어 그야말로 까치집 같은 환자의 머리를 꺼들어 흔들며,

"이년아, 말을 해, 말을! 입이 붙었어, 이 오라질 년!"

"……"

"으응, 이것 봐, 아무 말이 없네."

"……"

"이년아, 죽었던 말이냐, 왜 말이 없어?"

"……"

"으응, 또 대답이 없네, 정말 죽었나보이."

이러다가 누운 이의 흰 창이 검은 창을 덮은, 위로 치뜬 눈을 알아보자마자,

"이 눈깔! 이 눈깔! 왜 나를 바루 보지 못하고 천장만 바라보느냐, 응?"

하는 말끝엔 목이 메이었다. 그러자 산 사람의 눈에서 떨어진 닭똥 같은 눈물이 죽은 이의 뻣뻣한 얼굴을 어룽어룽 적시었다. 문득 김첨지는 미친 듯이 제 얼굴을 죽은 이의 얼굴에 한데 비벼대며 중얼거

렸다.

"설렁탕을 사다 놓았는데 왜 먹지를 못하니, 왜 먹지를 못하니……
괴상하게도 오늘은 운수가 좋더니만……"

이야기 따라잡기

　비가 추적추적 내리는 날, 이날은 인력거꾼 김첨지에게 오랜만에 운수 좋은 날이다. 아침 댓바람에 손님을 두 명이나 받아 팔십 전을 번 것이다. 앓는 아내에게 설렁탕을 사줄 수 있다는 생각에 김첨지는 마냥 기뻤다. 설렁탕 국물이 마시고 싶다고 조르는 아내를 구박하긴 했지만 마음은 편치 않았기 때문이다.
　행운은 계속되어 학생 한 명을 정거장까지 일 원 오십 전에 태워주고, 그곳에서 또 손님을 받는다. 김첨지는 신나게 인력거를 끌고 달리면서도 마음 한구석이 불안하고 자꾸 아픈 아내의 얼굴이 눈앞에 어른거려 힘들어한다.
　마침 선술집에서 자신을 부르는 친구 치삼이를 만나게 되고, 고픈 배를 채우며 음식을 먹고 술을 마신다. 김첨지는 점점 술에 취하면서 불안한 마음을 감추지 못하고 웃다 울다 하며 치삼에게 아내가 죽었다는 말을 하기도 한다. 친구들이 속아 넘어가자 아이처럼 박수를 치며 좋아하다가, 스스로에게 부정하듯 아내가 죽지 않았다고 소리를 지른다.

 밖에는 계속 비가 추적추적 내리고 있다. 김첨지는 취한 와중에도 아내를 위해 설렁탕을 사서 집에 들어간다. 집은 무서운 침묵 속에 잠겨 있다. 술에 취해 정신은 없지만 불길한 기운을 느꼈는지 집에 들어가자마자 호통을 치며 아내의 다리를 찬다. 하지만 이미 아내는 죽어 몸이 굳어가고 있고 그 옆에는 빈 젖을 빨던 아이만 울고 있다.

 김첨지는 닭똥 같은 눈물을 흘리며 제 얼굴을 죽은 이의 얼굴에 비비며 중얼거린다. "설렁탕을 사다 놓았는데 왜 먹지를 못하니, 왜 먹지를 못하니…… 괴상하게도 오늘은 운수가 좋더니만……."

쉽게 읽고 이해하기

운수 나쁜 날, 비극적인 날

「운수 좋은 날」(『개벽』, 1924. 6)은 1920년대 사실주의 대표 작가인 현진건의 가장 유명한 작품으로, 김첨지라는 평범한 인력거꾼의 하루를 다루고 있다.

'운수 좋은 날'이라는 작품 제목은 가장 운수 나쁘고 가장 비극적인 날을 지낸 김첨지의 하루를 반어적으로 표현한 것이다. 더욱이 반어적 표현이라는 수준에서 머물지 않고 비극을 더욱 강조하는 수단으로 나타난다. 며칠 동안 동전 한 푼 손에 쥐지 못하다가 오늘은 그야말로 '대박'이 터져 꽤 많은 돈을 손에 쥐게 되는데, 정작 그 돈으로 설렁탕을 사먹이고 싶었던 아내가 죽는다. 이런 처절하고 극한 상황을 더욱 부각시켜 보여주려는 작가의 의도가 제목에 그대로 나타난 것이다.

이렇게 이 작품은 제목부터 전체가 반어(아이러니)적이다. 밥을 먹지 못해 병이 났는데 갑자기 밥을 먹고 체하는 바람에 더욱 병이 깊어지는 아내, 아픈 아내에게 억지로 혹독하게 말하는 김첨지, 아내의 깊어가는 병을 알고 있으면서도 친구들 앞에서 억지로 부정하는 모습 등에서 아이러니는 더욱 부각된다.

또한 "미칠 듯이 제 얼굴을 죽은 이의 얼굴에 한데 비벼대며" 독백하는 김첨지의 모습에서, 그의 외양과는 전혀 상반되는 내면의 진실─아내에 대한 따뜻한 사랑의 감정─이 극명하게 드러난다. 이 소설의 마지막 장면은 당대 하층민이 처해 있는 절망적인 빈궁의 참상을 집약적으로 표출하는 비극적 아이러니의 효과와 함께, 외양 속에 감춰져 있는 진정한 사랑의 진실을 알려주는 이중적 아이러니의 효과를 암시하고 있다.

소설에 나타난 서민의 생활

이 작품은 1920년대 도시에 사는 하층민의 삶을 소재로 한다. 이들은 끼니도 챙겨 먹기 힘들 정도로 가난한 삶을 산다.

문제는 김첨지처럼 열심히 일을 하는데도 가난하다는 점이다. 하루도 빠짐없이 인력거를 끌지만 돈을 잘 벌지 못해 의식주를 해결하기가 너무 힘들다. 하루 벌어 하루 살기가 힘든 삶이다 보니, 앞날은 더욱 절망적이다. 아이를 양육하고 교육하는 것도 부족할 수밖에 없다. 자연스럽게 가난은 대물림 되고, 하층민은 그 삶에서 빠져나오지 못하는 것이다.

아내의 죽음에서 가난으로 인한 비극은 더욱 극대화된다. 아내가 병을 앓고 있다는 것을 알지만 병원에 데리고 가지 못하고, 병을 낫게 해

줄 수 있는 좋은 환경도 제공하지 못한다. 심지어 먹고 싶어 하는 음식도 제때 사주지 못한다. 이 모든 것은 가난으로 인해 발생한다.

　사회적 구조에서 올 수 밖에 없는 비참하고 비극적인 하층민의 삶이 김첨지의 가정을 통해 잘 드러난다.

사랑은 마주 보는 데 있는 것이 아니라
함께 같은 방향을 바라보는 데 있다.
— 앙투안 드 생텍쥐페리(프랑스의 비행조종사이자 소설가, 1900~1944)

「불」(『개벽』, 1925. 1)은

열다섯 살이라는 어린 나이에 민며느리로

시집간 순이가 겪는 고통을 그린 작품으로

폭력적 성욕와 민며느리 제도라는

전통적 사회 제도에 대한

비판적 태도를 드러내고 있다.

불

고 원수의 방!을 없애버릴 도리가 없을까?

등장인물

순이 열다섯 살이라는 어린 나이에 가난 때문에 일찍 시집을 간다. 남편과의 강제적인 성관계와 시어머니의 시집살이에 고통을 겪다가 집에 불을 지르고 만다.

남편 가난한 집에서 열심히 일하는 전형적 농촌 사나이. 무식함 때문인지 아내를 아끼고 사랑하는 방법을 잘 모르는 인물이다.

시어머니 순이에게 모진 시집살이를 시키는 평범한 농촌 여인.

불

갓 시집온 순이는 남편과 일에 낮과 밤으로 시달린다

시집온 지 한 달 남짓한, 금년에 열다섯 살밖에 안된 순이는 잠이 어 덧어덧한 가운데도 숨길이 깁깁해짐을 느꼈다. 큰 바위로 내리누르는 듯이 가슴이 답답하다. 바위나 같으면 싸늘한 맛이나 있으련마는, 순이의 비둘기 같은 연약한 가슴에 얹힌 것은 마치 장마 지는 여름날과 같이 눅눅하고 축축하고 무더운 데다가 천 근의 무게를 더한 것 같다. 그는 복날 개와 같이 헐떡이었다. 그러자 허리와 엉치(엉덩이)가 뼈개내는 듯, 쪼개내는 듯, 갈기갈기 찢는 것같이, 산산히 바수는 것같이 욱신거리고 쓰라리고 쑤시고 아파서 견딜 수 없었다. 쇠막대 같은 것이 오장육부를 한편으로 치우치며 가슴까지 치받쳐올라 콱콱 뻗지를 때엔 순이는 입을 딱딱 벌리며 몸을 위로 추스른다…….

이렇듯 아프니 적이나 하면 잠이 깨련만 온종일 물 이기, 절구질하기, 물방아 찧기, 논에 나간 일꾼들에게 밥 나르기에 더할 수 없이 지쳤던 그는 잠을 깨려야 깰 수 없었다. 그렇다고 그가 혼수상태에 떨어진 것은 물론 아니니 '이러다간 내가 죽겠구먼! 죽겠구먼! 어서 잠을 깨야지, 깨야지' 하면서도 풀칠이나 한 듯이 죄어붙는 눈을 뜰 수가 없었다. 연해 입을 딱딱 벌리며 몸을 추스르다가 나중에는 지긋지긋한 고통을 억지로 참는 사람 모양으로 이까지 빠드득빠드득 갈아부치었다……. 얼마 만에야 무서운 꿈에 가위눌린 듯한 눈을 어렴풋이 뜰 수 있었다. 제 얼굴을 솥뚜껑 모양으로 덮은 남편의 얼굴을 보았다. 함지박만 한 큰 상판의 검은 부분은 어두운 밤빛과 어우러졌는데 번쩍이는 눈깔의 흰자위, 침이 께 흐르는 입술, 그것이 비뚤어지게 열리며 드러난 누런 이빨만 무시무시하도록 뚜렷이 알아볼 수가 있었다.

그러자 가뜩이나 큰 얼굴이 자꾸자꾸 부어오르더니 주악빛으로 지져 놓은 암갈색의 어깨판도 따라서 확대되어서 깍짓동(뚱뚱한 사람을 비유적으로 일컫는 말)만 하게 되고 집채만 하게 된다. 순이는 배꼽에서 솟아오르는 공포와 창자를 뒤트는 고통에 몸을 떨었다가 버르적거렸다가 하면서 염치없는 잠에 뒷덜미를 잡히기도 하고 무서운 현실에 눈을 뜨기도 하였다. 그 고통으로부터 겨우 벗어난 때에는, 유월의 단열밤(短夜, 짧은 밤)이 벌써 새었다. 사내의 어마어마한 윤곽이 방이 비좁도록 움직이자 밖으로 나간다. 들에 새벽일 하러 나감이리라. 그제야 순이도 긴 한숨을 쉬며 잠을 깰 수 있었다. 짙은 먹칠이 가물한 가운데 노릇노릇이 삿자리(갈대를 엮어 만든 자리)의 눈이 드러난다. 윗목에 놓인 허술한 경대 위에 번들번들하는 석경(石鏡, 유리로 만든 거울)이라든지 '원수의 방'이 분명하다. 더구나 제 등때기 밑에는 요까지 깔려 있다.

'이것은 어찌된 셈인구?'

순이는 정신을 차리며 생각해보았다. 어젯밤에 그가 잔 데는 여기가 아닐 테다. 밤이 되면 으레 당하는 이 몹쓸 노릇들을 하루라도 면하려고 저녁 설거지를 마치는 맡에 아무도 몰래 헛간으로 숨었었다. 단지 둘밖에 아니 남은 볏섬을 의지 삼아 빈 섬거적을 깔고 두 다리를 쭉 뻗칠 사이도 없이 고만 고달픈 잠에 떨어지고 말았었다. 그런데 어찌 또 방으로 들어왔을까? 그 원수엣 놈이 육욕(肉慾, 육체에 관해 느끼는 욕망. 성욕)에 번쩍이는 눈알을 부라리며 사면팔망(四面八方, 여기저기)으로 찾다가 마침내 그를 발견하였음이리라. 억센 팔로 어렵지 않게 자는 그를 안아다가 또 '원수의 방'에 갖다놓았음이리라. 그리고는 또 원수의 그 노릇······.

이런 생각을 끝도 맺기 전에 흐리터분한 잠이 다시금 그의 사개 물러난 몸을 엄습하었나······.

오늘도 시어머니의 소리에 바쁘고 힘든 하루가 시작된다

집 안이 떠나갈 듯한 시어미의 소리가 일어났다.

"안 일어났니! 어서 쇠죽을 끓여야지!"

그 소리가 끝나기도 전에 순이는 빨딱 몸을 일으킨다. 한 손으로 눈을 비비며 또 한 손으로 남편이 벗겨놓은 옷을 주섬주섬 총망히 주워 입는다. 그는 시방껏 자지 않았던가? 그 거동을 보면 자기는 새로 정신을 한껏 모으고 호령일하를 기다리던 군사에 질 바 없었다. 그러니만큼 자던 잠결에도 시어미의 호령은 무서웠음이다.

총총히 마루로 나오니 아직 날은 다 밝지 않았다. 자욱한 안개를 격해서 광채를 잃은 흰 달이 죽은 사람의 눈깔 모양으로 희멀겋게 서쪽으로 기울고 있다.

저녁에 안쳐놓은 쇠죽 솥에 가서 불을 살랐다. 비록 여름일망정 새벽 공기는 찼다. 더욱이 으슬한 기를 느끼던 순이는 번쩍하고 불붙는 모양이 매우 좋았다. 새빨간 입술이 날름날름 집어주는 솔개비(소나무의 잎이 달린 줄기를 베어서 같이 말린 땔감)를 삼키는 꼴을 그는 흥미있게 구경하고 있었다. 고된 하룻밤으로 말미암아 더욱 고된 순이의 하루는 또 시작되었다.

쇠죽을 다 끓이자 아침밥 지을 물을 또 아니 이어올 수 없었다. 물동이를 이고 두 팔을 치켜 그 귀를 잡으니 겨드랑이로 안개 실린 공기가 싸늘하게 기어들었다. 시냇가에 나와서 물동이를 놓고 한 번 기지개를 켰다. 안개에 묻힌 올망졸망한 산과 등성이는 아직도 몽롱한 꿈길을 헤매는 듯. 엊그제 농부를 기뻐 뛰게 한 큰 비의 덕택으로 논이란 논엔 물이 질번질번한데 흰 안개와 어우러지니 마치 수은이 엉킨 것 같고 벌써 옮겨놓은 모들은 파릇파릇하게 졸음 오는 눈을 비비고 있다. 이런 가운데 저 혼자 깨었다는 듯이 시내는 쫄쫄 소리를 치며 흘러간다. 과연 가까이 앉아서 들여다보니 새말간 그 얼굴은 잠 하나 없는 눈동자와 같다. 순이는 퐁 하며 바가지를 넣었다. 상처가 난 데를 메우려는 듯이 사방에서 모여든 물이 바가지 들어갔던 자리를 둥글게 에워싸며 한동안 야료(까닭 없이 트집을 잡고 함부로 떠들어 댐)를 치다가 그리 중상은 아니라고 안심한 것같이 느르게 느르게 둘레를 그리며 물러나갔다. 순이는 자꾸 물을 퍼내었다.

시냇가에서 송사리를 한 마리 잡아 죽인다

한 동이를 여다놓고 또 한 동이를 이러왔을 제 그가 벌써부터 잡으려고 애쓰던 송사리 몇 마리가 겁없이 동실동실 떠다니는 걸 보았다. 욜랑욜랑하는 그 모양이 퍽 얄미웠다. 숨소리를 죽이고 가만히 두 손을 넣어서 움키려 하였건만 고놈들은 용하게 빠져 달아나곤 한다. 몇 번을 헛애만 쓴 순이는 그만 화가 더럭 나서 이번에는 돌멩이를 주워다가 함부로 물속의 고기를 때렸다. 제 얼굴에, 옷에, 물만 튀었지, 고놈들은 도무지 맞지를 않았다. 짜증이 나서 울고 싶다. 돌질로 성공을 못한 줄 안 그는 다시금 손으로 움켜보았다. 그중에 불행한 한 놈이 마침내 순이의 손아귀에 들고 말았다. 손 새로 물이 빠져가자 제 목숨도 잦아가는 깃에 독살이 난 듯이 파득파득하는 꼴이 순이에게는 재미있었다. 얼마 안 되어 가련한 물짐승이 죽은 듯이 지친 몸을 손바닥에 붙이고 있을 제 잔인하게도 순이는 땅바닥에 태기(패대기, 거칠고 빠른 동작으로 메어치다)를 쳤다. 아프다는 듯이 꼼지락하자 그만 작은 목숨은 사라졌지만 그래도 아니 죽었거니 하고 순이는 손가락으로 건드려보았다. 그래서 일순 송장이 된 것을 깨닫자 생명 하나를 없앴다는 공포심이 그의 뒷덜미를 집었다. 그 자리에서 곧 송사리의 원혼이 날 듯싶었다. 갈팡질팡 물을 긷고 돌아서는 그는 누가 뒤에서 머리카락을 잡아당기는 듯하였다.

일꾼에게 밥을 나르다가 환영을 보고 현기증으로 쓰러진다

 눈코를 못 뜨게 아침을 치르자마자 그는 또 보리를 찧어야 했다. 절구질을 하노라니 허리가 부러지는 것 같다. 무거운 절구에 끌려서 하마터면 대가리를 절구통 속에 찧을 뻔도 하였다. 팔이 떨어지는 것 같다. 그래도 그는 깽깽하며 끝까지 절구질을 아니할 수 없었다.

 또 점심이다. 부랴부랴 밥을 다 지어서는 모심기 하는 일꾼(거기는 자기 남편도 끼었다)에게 밥을 날라야 한다. 국이며 밥을 잔뜩 담은 목판이 그의 정수리를 내리누르니 모가지가 자라의 그것같이 움츠려지는 것은 물론이려니와 키까지 졸아든 듯하였다. 이래 가지고 떼어놓기 어려운 발길을 옮기며 삽짝 밖을 나섰다.

 새말갛게 갠 하늘에는 구름 한 점도 없고 중천에 솟은 햇님이 불 같은 볕을 내리퍼붓고 있었다. 질펀한 들에는 '흙의 아들'이 하얗게 흩어져 응석 피듯 어머니의 기름진 젖가슴을 철벅거리며 모내기에 한창 바쁘다. 그들이 굽혔다 폈다 하는 서슬에 옷으로 다 여미지 못한 허리는 새까맣게 찢어놓은 듯하고 염치없이 눈에까지 흘러드는 팥죽 같은 땀을 닦느라고 얼굴은 모두 흙투성이가 되었다. 그래도 한시라도 속히, 한 포기라도 많이 옮기려고 골똘한 그들은 뼈가 휘어도 괴로운 한숨 한 번 쉬지 않는다. 도리어 그들은 노래를 부른다. 가장 자유로운 곡조로 가장 신나게 노래를 부른다.

 땅은 흠씬 젖은 물을 끓는 햇발에 바래이고 논두렁에 엉클어진 잡풀들은 사람의 발이 함부로 밟음에 맡기며, 발이 지나가기를 기다려 고개를 쳐들고 부신 햇발에 푸른 웃음을 올리고 있다. 거기는 굳세게, 힘있게 사는 생명의 기쁨이 있고 더욱더욱, 삶을 충실히 하려는 든든한 노력이 있었다. 간단히 말하면 건강이 넘치는 천지였다. 불건강한 물건의 존재를 허락치 않는 천지였다.

이 강렬한 광선의 바다의 싱싱한 공기를 마시기엔 순이의 몸은 너무나 불건강하였다. 눈이 핑핑 내어둘리며 머리가 어찔어찔하다. 온몸을 땀으로 미역 감기면서도 으쓱으쓱 한기가 들었다. 빗물이 고인 데를 건너뛸 제 물속에 잠긴 태양이 번쩍하자 그의 눈앞은 캄캄해졌다. 문득 아침에 제가 죽인 송사리란 놈이 퍼드득하고 내달으며 방어만치나 어마어마하게 큰 몸뚱이로 그의 가는 길을 막았다. 속으로 '악' 외마디소리를 치며 몸을 빼쳐 달아나려고 할 제 그는 그만 무엇인지 분간을 못하게 되었다. 누가 저의 머리채를 잡아서 회술레를 놀리는 듯한 느낌이었다. 그럴 사이에 그는 벼락 치는 소리를 들은 채 정신을 잃었다…….

정신이 든 순이는 시어머니에게 모진 매를 맞는다

한참만에야 순이는 깨어났건만 본정신이 다 돌아오지는 않았다. 어리둥절하게 눈만 멀뚱거리고 있는 사이 점심밥을 이고 나가던 일, 넓은 들에서 눈을 부시게 하던 햇발, 길을 막던 송사리 생각이 차례차례로 떠올랐다. 그러면 이고 가던 점심은 어떻게 되었는가 하면서 휘 사방을 둘러볼 겨를도 없이 그는 외마디소리를 치며 몸을 소스라쳤다. 또 다시 그 원수의 방에 누웠을 줄이야! 미친 듯이 뛰어나왔다. 그의 눈은 마치 귀신에게 홀린 사람 모양으로 두려움과 무서움에 호동그래졌다.
　마당에 널어놓은 밀을 고밀개로 젓고 있는 시어미는 뛰어나오는 며느리에게 날카로운 시선을 던지었다. 국과 밥을 모두 못 먹게 만든 것은 그만두더라도 몇 개 아니 남은 그릇을 깨뜨린 것이 한없이 미웠으되 까무러치기까지 한 며느리를 일어나는 맡에 나무라기는 어려웠음이리라.
　"인제 정신을 차렸느냐. 왜 더 누워서 조리를 하지 방정을 떨고 나오니. 어서 방으로 들어가서 누워 있으려무나."
　부드러운 목소리를 짓느라고 매우 애를 쓰는 모양이다.
　그래도 순이는 비실비실하는 걸음걸이로 부득부득 마당으로 내려온다.
　"방에 들어가서 조리를 하래도 그래."
　이번에는 언성이 조금 높아진다.
　"싫어요. 싫어요. 괜찮아요."
　순이는 방에 다시 들어가기가 죽기보다 싫었다.
　"또 고분고분 말을 아니 듣고 억지를 부리는군."
하다가 속에서 치받치는 미움을 걷잡지 못하겠다는 듯이 고밀개('고무래'의 방언. 곡식을 모으거나 아궁이의 재를 긁어 모으는 데 쓰는 T자 모양의 도구) 자루를 거꾸로 들 사이도 없이 시어미는 며느리에게로 달려들었다.
　"요 방정맞은 년 같으니, 어쩌자고 그릇을 다 부수고 아실랑아실랑 나오는 건 뭐냐. 요 얌치없는 년 같으니, 저번 장에 산 사발을 두 개나 산산조각을 맨들고……."
하고 푸념을 섞어가며 고밀개 자루로 머리, 등, 다리 할 것 없이 함부로 두들기기 시작한다. 순이는 맞아도 아픈 줄을 몰랐다. 으스러지는 듯이 찌뿌두두한 몸에 괴상한 쾌감을 일으켰다.

"요런 악지(잘 안될 일을 무리하게 해내려는 고집) 센 년 좀 보아! 어쩌면 맞아도 울지 않고 요렇게 있담."

하고 또 한참 매질을 하다가 스스로 지친 듯이 고밀개를 집어던지며,

"요년, 보기 싫다. 어서 부엌에 가서 저녁이나 지어라."

순이는 또 시키는 대로 부엌에 들어가서 밥을 안쳤다.

부엌에서 울고 있는 순이를 남편이 달래준다

그럭저럭 하루 해는 저물어간다. 으슥한 부엌은 벌써 저녁이나 된 듯이 어둑어둑해졌다. 무서운 밤, 지겨운 밤이 다시금 그를 향하여 시커먼 아가리를 벌리려 한다. 해 질 때마다 느끼는 공포심이 또다시 그를 엄습하였다. 번번이 해도 번번이 실패하는, 밤 피할 궁리로 하여 그의 좁은 가슴은 쥐어뜯기었다. 그럴 사이에 그 궁리는 나서지 않고 제 신세가 어떻게 불쌍하고 가엾은지 몰랐다. 수백 리 밖에 부모를 두고 시집을 온 일, 온 뒤로 밤마다 날마다 당하는 지긋지긋한 고생, 더구나 오늘 시어머니한테 두들겨맞은 일이 한없이 서럽고 슬퍼서 솟아오르는 눈물을 걷잡을 수 없었다. 주먹으로 씻다가 팔까지 젖었건만 눈물은 그치지 않았다…….

그때였다. 누가 뒤에서 그의 어깨를 흔들었다. 순이는 무심코 돌아보자마자 간이 오그라붙는 듯하였다. 그의 남편이 몸을 굽혀서 어깨 너머로 그를 들여다보고 있지 않은가. 그 볕에 그을린 험상궂은 얼굴엔

어울리지 않게 보드라운 표정과 불쌍해하는 빛이 역력히 흘렀다. 그러나 솔개에 치인 병아리 모양으로 숨 한 번 옳게 쉬지 못하는 순이는 그런 기색을 알아볼 여유도 없었다.

"왜 울어, 울지 말아, 울지 말아!"

라고 꺽세인(매우 단단하고 센) 몸을 떨어뜨리며 위로를 하면서 그 솥뚜껑 같은 손으로 우는 순이의 눈을 씻어주고는 나가버린다.

원수의 방을 없애겠다고 맘 먹는다

남편을 본 뒤로는 더욱 견딜 수 없었다. 가슴을 지질러서(무거운 물건으로 내리눌러서) 막는 바위, 온몸을 바스러내는 쇠몽둥이, 시방껏 흐르던 눈물도 간 데 없고 다시금 이 지긋지긋한 '밤 피할 궁리'에 어린 머리를 짰다. 아니 밤 탓이 아니다. 온전히 그 '원수의 방' 때문이다. 만일 그 방만 아니면 남편이 또한 그 눈물을 씻어주고 나갈 따름이다. 그 방만 아니면 그런 고통을 줄려야 줄 곳이 없을 것이다. 고 원수의 방!을 없애버릴 도리가 없을까? 입때(지금껏, 여태까지) 방을 피하려다가 뜻을 이루지 못한 순이는 인제 그 방을 없애버릴 궁리를 하게 되었다.

밥이 보그르르 넘었다. 순이가 솥뚜껑을 열려고 일어섰을 제 부뚜막에 얹힌 성냥이 그의 눈에 띄었다. 이상한 생각이 번개같이 그의 머리를 스쳐간다.

그는 성냥을 쥐었다. 성냥 쥔 그의 손은 가늘게 떨렸다. 그러자 사면을 한 번 돌아볼 겨를도 없이 그 성냥을 품속에 감추었다. 이만하면 될 일을 왜 여태껏 몰랐던가 하면서 그는 싱그레 웃었다.

순이는 남 몰래 집에 불을 지르고 기뻐한다

그날 밤에 그 집에는 난데없는 불이 건넌방 뒤꼍 추녀로부터 일어났다. 풍세(風勢, 바람의 기세)를 얻은 불길이 삽시간에 온 지붕에 번지며 훨훨 타오를 제 뒷집 담모서리에서 순이는 근래에 없이 환한 얼굴로 기뻐 못 견디겠다는 듯이 가슴을 두근거리며 모로 뛰고 세로 뛰었다.

이야기 따라잡기

　열다섯 살 순이는 시집온 지 한 달 남짓밖에 안 된 새색시이다. 하지만 순이는 낮에는 온갖 일에, 밤에는 남편과의 성관계에 너무 힘들다. 밤마다 자신을 짓누르고 괴롭히는 남편 때문에 어떻게 하지도 못하고, 피곤함에 지쳐 잠들었다 다시 깨기를 반복하다 보면 어느새 아침이 밝아온다.
　시어머니의 호통에 피곤한 몸을 일으키고 오늘도 새벽부터 일을 시작한다. 물을 긷고, 아침밥을 하고, 허리가 부러지도록 보리를 찧는 등 숨 쉴 틈 없이 일을 한다. 결국 순이는 점심을 지어 일꾼에게 밥을 나르던 중 현기증에 쓰러지고 만다.
　정신을 차려보니 순이는 또 다시 '원수의 방(남편의 방에 순이가 붙인 이름)'에 누워 있다. 두려움에 벌떡 일어나 밖으로 나오니 시어머니는 들어가 쉬라는 입에 발린 말을 한다. 그러나 순이가 굳이 밖으로 나오자 본심을 드러내며 매질을 한다. 맞으면서도 순이는 오히려 쾌감을 느끼고, 지친 시어머니는 저녁을 지으라고 한다.

  부엌에 들어가 저녁을 안치면서 서럽고 슬픈 마음에 혼자 울고 있을 때 남편이 들어와 울지 말라며 눈물을 씻어준다. 그 순간 또 다시 '원수의 방'에 대한 공포가 엄습한다. 자신이 이렇게 힘든 원인은 '원수의 방'에 있다고 생각한 순이는 어떻게 하면 그것을 없앨 수 있을까를 궁리한다. 그때 순이의 눈에 성냥이 들어오고, 그녀는 성냥을 집어 들며 싱그레 웃는다.

  그날 밤, 집에 불이 난다. 삽시간에 타는 집을 보고 순이의 가슴은 두근거리며 모로 뛰고 세로 뛴다.

쉽게 읽고 이해하기

어떤 작품인가?

「불」은 1925년 『개벽』 55호에 발표한 작품이다. 주로 주인공 순이를 초점화자로 설정한 3인칭 제한적 시점으로 내용이 전개된다. 가난과 조혼 제도 때문에 불과 열다섯 살이라는 어린 나이에 민며느리로 시집을 온 순이에게 매일 밤 남편이 강요하는 강압적 성행위는 가장 참기 어려운 고통이다. 시어머니에게 시집살이를 당하는 것도 고통이지만, 남편의 성욕 충족을 위한 도구로 짓밟히는 것은 더욱 큰 고통이다.

이렇게 강압과 폭력에 짓눌리면서 그녀의 내면에는 해방에 대한 본능적 욕망이 일렁이게 된다. 생명적이고 자유로운 것들의 대상으로 순이의 시선에 포착되는 것은 다름아닌 송사리다.

순이가 송사리를 잡는 장면에서 반복 제시되는 물의 이미지는 생명의 상징이며, 송사리는 자유 혹은 해방의 상징이다. 생명과 자유의 세계는 넓게 트인 천지이다. 이에 반해, 주인공 순이가 무자비한 성욕의 도구로

서 매일 밤 고통을 겪는 '원수의 방'은 탈출이 불가능한 좁고 폐쇄된 공간이다. 순이는 그곳으로부터 탈출하기 위해서는 그곳을 불 질러 없애는 방법을 택한다. 이 작품은 인간, 특히 남성의 본능적인 야수적, 폭력적 성욕에 대한 비판과 함께 넓게는 민며느리 제도라는 전통적 사회 제도에 대한 비판적 태도를 드러내고 있는 것으로 볼 수 있다.

주제에 접근하는 작가의 방식

1925년 초반 한국 소설의 문체가 줄거리를 전달하는 비교적 단순한 형식을 아직 벗지 못했었고, 「불」에서도 이 서술체가 주축을 이루고 있다. 이러한 형식은 독자들이 작품을 읽을 때 진행 속도나 과정을 쉽게 짐작할 수 있게 한다.

「불」의 주제는 한국적 조혼(早婚) 제도에 대한 비판과 인간 해방이라고 볼 수 있는데, 그것이 소극적 대응이 아니라 불을 질러 태워 없앴다는 점에서 적극적 대응 모습을 드러내었다고 할 수 있다. 이는 이 무렵 이미 등장한 신경향파 소설과 무관하지 않을 것이다.

그러나 그 적극적 행위는 주인공 순이의 자각되지 않은 일시적이고 충동적인 행동에 불과하고, 바로잡고자 하는 의지보다는 피하고자 하는 의지를 강하게 보여준다는 점은 아쉬움으로 남는다.

더 나은 미래를 상상하지 않으면 헛된 과거에 집착하게 된다.
— 요한 볼프강 폰 괴테(독일의 문인, 1749~1832)

「B사감과 러브레터」(『조선문단』, 1925. 2)는 이중적인 B사감의 모습을 통해 인간의 이중적 내면을 꼬집으며 웃음과 눈물의 아이러니를 유발하는 작품이다

B사감과 러브레터

"정 말씀이야요? 나를 그렇게 사랑하셔요?
당신의 목숨같이 나를 사랑하셔요? 나를, 이 나를."

등장인물

B사감 나이가 사십에 가까운 노처녀이다. 성질이 괴팍하고 학생들에게 굉장히 엄격하다. 겉으로는 남자를 혐오하고 싫어하는 듯 행동하지만 진심으로는 남자를 원하며 혼자 있을 때는 이중적인 심리상태를 보인다.

세 여학생 기숙사에 있는 학생들. 한밤중에 B사감의 이중적인 모습을 보고 미쳤다고 생각하는 한편 동정심을 가진다.

B사감과 러브레터

여학교의 B사감은 엄격하고 무섭기로 소문난 인물이다

여학교에서 교원 겸 기숙사 사감 노릇을 하는 B여사라면 딱장대(온화한 맛이 없이 성질이 딱딱한 사람)요 독신주의자요 찰진 야소꾼(예수꾼. 기독교인을 이르는 말)으로 유명하다. 사십에 가까운 노처녀인 그는 주근깨투성이 얼굴이 처녀다운 맛이란 약에 쓰려도 찾을 수 없을 뿐인가, 시들고 거칠고 마르고 누렇게 뜬 품이 곰팡 슬은 굴비를 생각나게 한다.

여러 겹 주름이 잡힌 훌렁 벗겨진 이마라든지, 숱이 적어서 법대로 쪽찌거나 틀어 올리지를 못하고 엉성하게 그냥 빗어넘긴 머리꼬리가 뒤통수에 염소 똥만 하게 붙은 것이라든지, 벌써 늙어가는 자취를 감출 길이 없었다. 뾰족한 입을 앙다물고 돋보기 너머로 쌀쌀한 눈이 노릴 때엔 기숙생들이 오싹하고 몸서리를 치리 만큼 그는 엄격하고 매서웠다.

B사감은 러브레터를 굉장히 싫어한다

이 B여사가 질겁을 하다시피 싫어하고 미워하는 것은 소위 러브레터였다. 여학교 기숙사라면 으레 그런 편지가 많이 오는 것이지만 학교로도 유명하고 또 아름다운 여학생이 많은 탓인지 모르되 하루에도 몇 장씩 죽느니 사느니 하는 사랑 타령이 날아들어 왔었다. 기숙생에게 오는 사신(私信, 개인의 사사로운 편지)을 일일이 검토하는 터이니까 그 따위 편지도 물론 B여사의 손에 떨어진다. 달짝지근한 사연을 보는 족족 그는 더할 수 없이 흥분되어서 얼굴이 붉으락푸르락, 편지 든 손이 발발 떨리도록 성을 낸다.

아무 까닭 없이 그런 편지를 받은 학생이야말로 큰 재변(災變, 재앙으로 인해 생기는 변고)이었다. 하학(下學, 학교에서 그날의 수업을 마침)하기가 무섭게 그 학생은 사감실로 불리어 간다. 분해서 못 견디겠다는 사람 모양으로 쌔근쌔근하며 방 안을 왔다갔다 하던 그는, 들어오는 학생을 잡아먹을 듯이 노리면서 한 걸음 두 걸음 코가 맞닿을 만큼 바싹 다가들어 서서 딱 마주친다. 웬 영문인지 알지 못하면서도 선생의 기색을 살피고 겁부터 집어먹은 학생은 한동안 어쩔 줄 모르다가 간신히 모기만 한 소리로,

"저를 부르셨어요?"

하고 묻는다.

"그래. 불렀다, 왜!"

팍 무는 듯이 한 마디 하고 나서 매우 못마땅한 것처럼 교의를 우당통탕 당겨서 철썩 주저앉았다가 학생이 그저 서 있는 걸 보면,

"장승이냐? 왜 앉지를 못해."

하고 또 소리를 뺙 지르는 법이었다. 스승과 제자는 조그마한 책상 하나를 새에 두고 마주 앉는다. 앉은 뒤에도,

"네 죄상을 네가 알지!"

하는 것처럼 아무 말 없이 눈살로 쏘기만 하다가 한참만에야 그 편지를 끄집어내어 학생의 코앞에 동댕이를 치며,

"이건 누구한테 오는 거냐?"

하고 문초를 시작한다. 앞장에 제 이름이 쓰였는지라,

"서한네 온 것이야요."

하고 대답 않을 수 없다. 그러면 발신인이 누구인 것을 채처(몹시 재촉해) 묻는다. 그런 편지의 항용으로(드물거나 귀할 것 없이 보통으로) 발신인의 성명이 똑똑지 않기 때문에 주저주저하다가 자세히 알 수 없다고 내대일 양이면,

"너한테 오는 것을 네가 모른단 말이냐!"

고, 불호령을 내린 뒤에 또 사연을 읽어보라 하여 무심한 학생이 나직나직하나마 꿀 같은 구절을 입술에 올리면, B여사의 역정은 더욱 심해져서 어느 놈의 소위(한 일, 소행)인 것을 기어이 알려 한다. 기실 보도 듣도 못한 남성의 한 노릇이요, 자기에게는 아무 죄도 없는 것을 변명하여도 곧이듣지를 않는다. 바른 대로 아뢰어야 망정이지 그렇지 않으면

퇴학을 시킨다는 둥, 제 이름도 모르는 여자에게 편지할 리가 만무하다는 둥, 필연 행실이 부정한 일이 있으리라는 둥…….

하다못해 어디서 한 번 만나기라도 하였을 테니 어찌해서 남자와 접촉을 하게 되었느냐는 둥, 자칫 잘못하여 학교에서 주최한 음악회나 바자에서 혹 보았는지 모른다고 졸리다 못해 주워댈 것 같으면 사내의 보는 눈이 어떻더냐, 표정이 어떻더냐, 무슨 말을 건네더냐, 미주알고주알 캐고 파며 얼르고(달래고) 볶아서 넉넉히 십 년 감수는 시킨다.

두 시간이 넘도록 문초를 한 끝에는 사내란 믿지 못할 것, 우리 여성을 잡아먹으려는 마귀인 것, 연애가 자유이니 신성이니 하는 것도 모두 악마가 지어낸 소리인 것을 입에 침이 없이 열에 떠서 한참 설법을 하다가 닦지도 않은 방바닥(침대를 쓰기 때문에 방이라 해도 마룻바닥이다)에 그대로 무릎을 꿇고 기도를 올린다. 눈에 눈물까지 글썽거리면서 말끝마다 하느님 아버지를 찾아서 악마의 유혹에 떨어지려는 어린 양을 구해달라고 뒤삶고 곱삶는 법이었다.

남자들의 면회는 무조건 막아 학생들의 원성이 자자하다

그리고 둘째로 그의 싫어하는 것은 기숙생을 남자가 면회하러 오는 일이었다. 무슨 핑계를 하든지 기어이 못 보게 하고 만다. 친부모, 친동기간이라도 규칙이 어떠니, 상학(上學, 학교에서 그날의 공부를 시작함) 중이니 무슨 핑계를 하든지 따돌려 보내기가 일쑤다.

이로 말미암아 학생이 동맹 휴학을 하였고 교장의 설유(말로 잘 타이름)까지 들었건만 그래도 그 버릇은 고치려 들지 않았다.

기숙사에서 밤중에 이상한 소리가 들린다

이 B사감이 감독하는 그 기숙사에 금년 가을 들어서 괴상한 일이 '생겼다'느니보다 '발각되었다'는 것이 마땅할는지 모르리라. 왜 그런고 하면 그 괴상한 일이 언제 '시작된' 것은 귀신밖에 모르니까.

그것은 다른 일이 아니라 밤이 깊어서 새로 한 점이 되어 모든 기숙생들이 달고 곤한 잠에 떨어졌을 제 난데없는 깔깔대는 웃음과 속살속살하는 말낱이 새어 흐르는 일이었다. 하룻밤이 아니고 이틀 밤이 아닌 다음에야 그런 소리가 잠귀 밝은 기숙생의 귀에 들리기도 하였지만 잠결이라 뒷동산에 구르는 마른 잎의 노래로나, 달빛에 날개를 번뜩이며 울고 가는 기러기의 소리로나 흘려들었다. 그렇지 않으면 도깨비의 장난이나 아닌가 하여 무시무시한 증이 들어서 동무를 깨달으면, 밤소리 멀리 들린다고, 학교 이웃집에서 이야기를 하거나 또 딴 방에 자는 제 동무들의 잠꼬대로만 여겨서 스스로 안심하고 그대로 자버리기도 하였다.

그러나 이 수수께끼가 풀릴 때는 왔다. 이때 공교롭게 한방에 자던 학생 셋이 한꺼번에 잠을 깨었다. 첫째 처녀가 소변을 보러 일어났다가 그 소리를 듣고 둘째 처녀와 셋째 처녀를 깨우고 만 것이다.

"저 소리를 들어보아요. 밤중에 저게 무슨 소리야."

하고 첫째 처녀는 휘둥그래진 눈에 무서워하는 빛을 띠운다.

"어젯밤에 나도 저 소리에 놀랬었어. 도깨비가 났단 말인가?"

하고, 둘째 처녀도 잠 오는 눈을 비비며 수상해 한다. 그중에 제일 나이 많은 뿐더러(많았자 열여덟밖에 아니 되지만) 장난 잘 치고 짓궂은 짓 잘하기로 유명한 셋째 처녀는 동무 말을 못 믿겠다는 듯이 이윽히(한참) 귀를 기울이다가,

"딴은 수상한 걸. 나는 언젠가 한 번 들어본 법도 하구먼. 무얼 잠이 아니 오는 애들이 이야기를 하는 게지."

이때에 그 괴상한 소리는 떽대굴 웃었다. 세 처녀는 귀를 소스라쳤다. 적적한 밤 가운데 다른 파동 없는 공시는 그 수상한 말마디를 곁에 서나 나는 듯이 또렷또렷이 전해주었다.

"오! 태훈 씨! 그러면 작히(오죽이나, 얼마나) 좋을까요."

간드러진 여자의 목소리다.

"경숙 씨가 좋으시다면 내가 얼마나 기쁘겠습니까. 아아, 오직 경숙 씨에게 바친 나의 타는 듯한 가슴을 인제야 아셨습니까!"

정열에 뜬 사내의 목청이 분명하였다. 한동안 침묵…….

"인제 고만 놓아요. 키스가 너무 길지 않아요. 행여 남이 보면 어떡해요."

아양 떠는 여자 말씨.

"길수록 더욱 좋지 않아요. 나는 내 목숨이 끊어질 때까지 키스를 하여도 길다고 못 하겠습니다. 그래도 짧은 것을 한하겠습니다."

사내의 피를 뿜는 듯한 이 말 끝은 계집의 자지러진 웃음으로 묻혀버

렸다.

그것은 묻지 않아도 사랑에 겨운 남녀의 허물어진 수작이다. 감금이 지독한 이 기숙사에 이런 일이 생길 줄이야! 세 처녀는 얼굴을 마주 보았다. 그들의 얼굴은 놀랍고 무서운 빛이 없지 않았으되 점점 호기심에 번쩍이기 시작하였다. 그들의 머릿속에는 한결같이 '로맨틱'한 생각이 떠올랐다.

이 안에 있는 여자 애인을 보려고 학교 근처를 뒤돌고 곱돌던 사내 애인이, 타는 듯한 가슴을 걷잡다 못하여 밤이 이슥하기를 기다려 담을 뛰어넘었는지 모르리라. 모든 불이 다 꺼지고 오직 밝은 달빛이 은가루처럼 서린 창문이 소리없이 열리며 여자 애인이 흰 수건을 흔들어 사내 애인을 부른지도 모르리라. 활동사진에 보는 것처럼 기나긴 피륙을 내리워서 하나는 위에서 당기고 하나는 밑에서 매달려 디룽디룽하면서 올라가는 정경이 있었는지 모르리라. 그래서 두 애인은 만나가지고 저와 같이 사랑의 속삭거림에 잦아졌는지 모르리라……. 꿈결 같은 감정이 안개 모양으로 눈부시게 세 처녀의 몸과 마음을 휩싸 돌았다.

그들의 뺨은 후끈후끈 달았다. 괴상한 소리는 또 일어났다.

"난 싫어요. 당신 같은 사내는 난 싫어요."

이번에는 매몰스럽게 내어대는 모양.

"나의 천사, 나의 하늘, 나의 여왕, 나의 목숨, 나의 사랑, 나를 살려주어요, 나를 구해주어요."

사내의 애를 졸이는 간청…….

학생 세 명이 이상한 소리가 들리는 방을 몰래 찾아간다

"우리 구경 가볼까?"

짓궂은 셋째 처녀는 몸을 일으키며 이런 제의를 하였다. 다른 처녀들도 그 말에 찬성한다는 듯이 따라 일어섰으되 의아와 공구(몹시 두려움)와 호기심이 뒤섞인 얼굴을 서로 교환하면서 얼마쯤 망설이다가 마침내 가만히 문을 열고 나왔다. 쌀벌레 같은 그들의 발가락은 가장 조심성 많게 소리 나는 곳을 향해서 곰실곰실 기어간다. 컴컴한 복도에 자다가 일어난 세 처녀의 흰 모양은 그림자처럼 소리 없이 움직였다.

소리 나는 방은 어렵지 않게 찾을 수 있었다. 찾고는 나무로 깎아 세운 듯이 주춤 걸음을 멈출 만큼 그들은 놀래었다. 그런 소리의 출처야말로 자기네 방에서 몇 걸음 안되는 사감실일 줄이야! 그렇듯이 사내라면 못 먹어 하고 침이라도 배앝을 듯하던 B사감의 방일 줄이야! 그 방에 여전히 사내의 비대발괄(억울한 사정을 하소연하면서 간절히 청하여 빎)하는 푸념이 되풀이되고 있다…….

나의 천사, 나의 하늘, 나의 여왕, 나의 목숨, 나의 사랑, 나의 애를 말려 죽이실 테요. 나의 가슴을 뜯어 죽이실 테요. 내 생명을 맡으신 당신의 입술로…….

학생들이 B사감의 모습을 보고 안타까워한다.

셋째 처녀는 대담스럽게 그 방문을 빠끔히 열었다. 그 틈으로 여섯 눈이 방 안을 향해 쏘았다. 이 어쩐 기괴한 광경이냐! 전등불은 아직 끄지 않았는데 침대 위에는 기숙생에게 온 소위 러브레터의 봉투가 너저분하게 흩어졌고 그 알맹이도 여기저기 두서없이 펼쳐진 가운데 B사감 혼자―아무도 없이 제 혼자 일어나 앉았다. 누구를 끌어당길 듯이 두 팔을 벌리고 안경을 벗은 근시안으로 잔뜩 한 곳을 노리며 그 굴비쪽 같은 얼굴에 말할 수 없이 애원하는 표정을 짓고는 키스를 기다리는 것같이 입을 쫑긋이 내어민 채 사내의 목청을 내어가면서 아깟말을 중얼거린다. 그러다가 그 넋두리가 끝날 겨를도 없이 급작스리 앵 돌아서는 시늉을 내며 누구를 뿌리치는 듯이 얼해 손짓을 하며 이번에는 톡톡 쏘는 계집의 음성을 지어,

 "난 싫어요. 당신 같은 사내는 난 싫어요."

하다가 제물에 자지러지게 웃는다. 그러더니 문득 편지 한 장(물론 기숙생에게 온 러브레터의 하나)을 집어들어 얼굴에 문지르며,

 "정(정말로, 진짜로) 말씀이야요? 나를 그렇게 사랑하셔요? 당신의 목숨같이 나를 사랑하셔요? 나를, 이 나를."

하고 몸을 추스르는 데 그 음성은 분명 울음의 가락을 띠었다.

 "에그머니, 저게 웬일이야!"

 첫째 처녀가 소곤거렸다.

 "아마 미쳤나보아, 밤중에 혼자 일어나서 왜 저러고 있을꼬."

둘째 처녀가 맞방망이를 친다.

"에그 불쌍해!"

하고, 셋째 처녀는 손으로 고인, 때 모르는 눈물을 씻었다.

이야기 따라잡기

여학교에서 교원 겸 기숙사 사감 노릇을 하는 B여사는 사십에 가까운 독신주의자 노처녀로 딱장대에 야소꾼이다. 주근깨투성이 얼굴에 처녀다운 맛은 없고, 시들고 마른 모양새는 곰팡 슨 굴비를 생각나게 할 정도이다. 또한 기숙사생들이 몸서리칠 만큼 그녀는 쌀쌀맞고 엄격하기도 하다.

이 B사감이 질겁을 하다시피 싫어하는 것은 학생들에게 오는 소위 러브레터였다. 기숙생에게 오는 사신은 모두 B사감이 일일이 검토하는데, 까닭 없이 그런 편지를 받은 학생은 큰 변을 당하기도 했다. 학생들을 불러 두 시간이 넘도록 문초를 하고 사내란 악마이며 마귀임을 한참 설법하기 때문이다.

또한 남자가 면회하러 오는 일도 싫어해서 친부모, 친동기간이라도 무슨 핑계를 대든지 그냥 돌려보내기 일쑤였다.

이런 일 때문에 학생들이 동맹 휴학도 하고 교장도 설득했지만 그 버릇은 고쳐지지 않았다.

　이 B사감이 감독하는 기숙사에 이상한 일이 일어났다. 깊은 밤 기숙생들은 모두 잠에 빠져 있을 때 난데없이 웃음소리와 대화하는 소리가 흘러나온 것이다.

　이 수수께끼가 풀릴 날이 왔다. 하루는 한방에서 자던 학생 셋이 한꺼번에 잠을 깨었다. 학생들이 수상한 소리를 귀 기울여 들어보니 간드러진 여자와 정열에 뜬 사내의 목청이었다.

　궁금해진 학생들이 소리가 나는 곳을 향해 몰래 가보니 그곳은 다름 아닌 B사감의 방이었다. 사내라면 침이라도 뱉을 듯 혐오하면 B사감의 방에서 사내의 목소리가 들리는 것에 학생들은 놀란다.

　학생 셋은 대담하게 방문을 빠끔히 열어 안을 살펴본다. 그 안에는 기괴한 광경이 펼쳐지고 있었다. 침대 위에는 러브레터가 흩어져 있고, B사감이 혼자 편지를 들고 애정을 갈구하는 남녀 역할을 하고 있었던 것이다. 처녀들은 B사감의 모습을 보고 미쳤나보다고 이야기하고 불쌍한 마음에 눈물 짓기도 한다.

쉽게 읽고 이해하기

두 개의 자아

「B사감과 러브레터」는 해학적 느낌이 강한 회화적 작품이다. 3인칭 전지적 서술자 시점을 취하고 있는 이 소설에서 시술지는 따장대요 독신주의자요 찰지 야소꾼으로 유명한 노처녀 기숙사 사감 B여사를 주인공으로 설정하고 있다. 그녀의 표면적인 행위와 그 밑에 감추고 있는 본능적 자아와의 대조적인 모습을 강조, 제시함으로써 인간 본성의 허위와 위선을 예리하게 분석, 폭로한다. 상황 반전의 아이러니를 구조적 특징으로 하고 있는 이 소설 전반부에서 서술자는 학생들에게 온 러브레터를 일일이 검열하여 그들을 문초하고 남성에 대한 불신감을 갖게 하는 B사감의 모습을 세밀하게 묘사하고 있다. 후반부에는 한밤중 세 여학생이 사감실에서 B여사가 학생들의 러브레터를 앞에 놓고 홀로 열렬한 사랑의 1인극을 연출하고 있는 장면을 목격하는, 대조적인 장면을 그려 제시하고 있다.

이렇게 「B사감과 러브레터」는 인간의 이중적 내면을 꼬집는 작품이다. B사감의 양면적인 행동을 통해 인간 내면세계의 이중성을 극적으로 제시하는 것이다. 이것은 '낮'과 '밤'이라는 시간의 대립, 누군가와 함께 있을 때와 혼자 있을 때 인간성의 대립, 여성과 남성이라는 성의 대립을 통해 더욱 선명하게 부각된다. 이러한 두 가지 모습은 사회적 자아와 개인적 자아를 나타낸다고 할 수 있다.

이런 이중적 내면을 이 작품에서는 주인공 B사감을 통해 보여주고 있지만 사실 인간이라면 보편적으로 가지고 있는 것이 둘 또는 그 이상의 자아이다. 이 소설이 많은 사람들에게 읽히는 까닭은 바로 인간 내면에 있는 보편적 심리를 잘 드러낸 점에 있다고 할 수 있다.

웃음과 눈물의 아이러니

위에서 말한 B사감의 이중적인 모습은, 읽는 이에게 웃음을 주기도 하지만 눈물을 짓게 하기도 하고, 연민을 가지게도 한다.

러브레터를 받은 학생에게 몇 시간 동안 잔소리를 하는 장면은 B사감의 지독한 면을, 남자는 마귀라고 설교하며 바닥에서 무릎을 꿇고 기도하는 장면은 웃음을 유발하기도 한다. 하지만 사실 누구보다도 애타게 남성을 원하며 혼자 1인극을 하는 장면은 웃음과 동시에 연민을 불러일으킨다. 작품 마지막 학생들의 대화 내용이 독자의 반응을 대변해주는 장면이기도 하다.

현진건의 다른 작품에서도 나타나는 아이러니 구조는 독자의 반응을 더욱 극적으로 끌어내는 역할을 한다. 인간의 본성이라는 인식을 하고 인간에 대한 따뜻한 애정을 동시에 가질 수 있는, 그만큼 인간에 대한 탐구가 진지하고 깊게 이루어졌다는 점에서 작가의 역량이 대단함을 알 수 있다.

타인의 지혜로는 멀리까지 갈 수 없다.
― 리투아니아 격언

「고향」(『조선일보』, 1926. 3.

당시 「그의 얼굴」이란 제목으로 발표)은

일제 식민지 수탈 정책을 비판하고

그 시대를 살았던 우리 민족의

아픔을 담은 작품으로,

당시 가혹한 식민지 사회현실에 대한

비판의식이 사실적으로 담겨 있다.

고향

나는 그 눈물 가운데 음산하고 비참한 조선의 얼굴을
똑똑히 본 듯 싶었다.

등장인물

나 우연히 기차 안에서 만난 '그'와 이야기를 나누게 된다. 당대 지식인으로 보이는 '나'는 처음에는 '그'를 차갑게 바라보다가 점점 '그'의 이야기에 빠져들면서 공감대를 형성하게 된다.

그 말수가 많고 하는 행동과 겉모습이 다소 경박하게 보이는 인물이다. 일제강점기 때 고통 받은 수많은 조선 농민 중 한 사람이다.

고향

차 안에서 흥미로운 사람을 보게 되다

대구에서 서울로 올라오는 차중에서 생긴 일이다. 나는 나와 마주 앉은 그를 매우 흥미있게 바라보고 또 바라보았다. 두두마기 격으로 기노노를 둘렀고, 그 안에서 옥양목 저고리가 내어 보이며 아랫도리엔 중국식 바지를 입었다. 그것은 그네들이 흔히 입는 유지 모양으로 번질번질한 암갈색 피륙으로 지은 것이었다. 그리고 발은 감발(발감개. 버선이나 양말 대신 발에 감는 좁고 긴 무명 천)을 하였는데 짚신을 신었고, 고무가리로 깎은 머리엔 모자도 쓰지 않았다. 우연히 이따금 기묘한 모임을 꾸민 것이다. 우리가 자리를 잡은 찻간에는 공교롭게 세 나라 사람이 다 모였으니, 내 옆에는 중국 사람이 기대었다. 그의 옆에는 일본 사람이 앉아 있었다. 그는 동양 삼국옷을 한몸에 감은 보람이 있어 일본 말도 곧잘 철철 대이거니와 중국 말에도 그리 서툴지 않은 모양이었다.

"도꼬마데 오이데 데스까?(어디까지 가십니까?)"하고 첫마디를 걸더니만, 도쿄가 어떠니, 오사카가 어떠니, 조선 사람은 고추를 끔찍이 많이 먹는다는 둥, 일본 음식은 너무 싱거워서 처음에는 속이 뉘엿걸다는(누엿거리다는. 속이 메슥거려 자꾸 토할 것 같다는) 둥, 횡설수설 지껄이다가 일본 사람이 엄지와 검지손가락으로 짧게 끊은 꼿꼿한 윗수염을 비비면서 마지못해 까땍까땍하는 고개와 함께 "소데스까(그렇습니까)"란 한 마디로 코대답(탐탁치 않거나 대수롭지 않게 여겨 건성으로 하는 대답)을 할 따름이요, 잘 받아주지 않으매, 그는 또 중국인을 붙들고서 실랑이를 하였다. "니상나열취……" "니싱섬마"하고 덤벼보았으나 중국인 또한 그 기름낀 뚜우한 얼굴에 수수께끼 같은 웃음을 띨 뿐이요 별로 대꾸를 하지 않았건만, 그래도 무어라고 연해 웅얼거리면서 나를 보고 웃어 보였다.

그것은 마치 짐승을 놀리는 요술쟁이가 구경꾼을 바라볼 때처럼 훌륭한 재주를 갈채해달라는 웃음이었다. 나는 쌀쌀하게 그의 시선을 피해버렸다. 그 주적대는 꼴이 어줍지 않고 밉살스러웠다. 그는 잠깐 입을 닫치고 무료한 듯이 머리를 덕억덕억 긁기도 하며, 손톱을 이로 물어뜯기도 하고, 멀거니 창밖을 내다보기도 하다가, 암만해도 중절대지 않고는 못 참겠던지 문득 나에게로 향하며, "어디꺼정 가는기오?"라고 경상도 사투리로 말을 붙인다.

"서울까지 가요."

"그런기오. 참 반갑구마. 나도 서울꺼정 가는데. 그러면 우리 동행이 되겠구마."

성가신 마음에 나는 그를 조금 불친절하게 대한다

나는 이 지나치게 반가워하는 말씨에 대하여 무어라고 대답할 말도 없고, 또 굳이 대답하기도 싫기에 덤덤히 입을 닫쳐버렸다.

"서울에 오래 살았는기요?"

그는 또 물었다.

"육칠 년이나 됩니다."

조금 성가시다 싶었으되, 대꾸 않을 수도 없었다.

"에이구, 오래 살았구마, 나는 처음길인데 우리 같은 막벌이꾼이 차를 내려서 어디로 찾아가야 되겠는기요? 일본으로 말하면 기전야도 같은 것이 있는기오?"

하고 그는 답답한 제 신세를 생각했던지 찡그려보았다. 그때 나는 그의 얼굴이 웃기보다 찡그리기에 가장 적당한 얼굴임을 발견하였다. 군데군데 찢어진 성긴 듯 성긴 눈썹이 올올이 일어서며, 아래로 축 처지는 서슬에 양미간에는 여러 가닥 주름이 잡히고, 광대뼈 위로 뺨살이 실룩실룩 보이자 두 볼은 쪽 빨아든다. 입은 소태나 먹은 것처럼 왼편으로 삐뚤어지게 찢어 올라가고, 죄던 눈엔 눈물이 괸 듯 삼십 세밖에 안되어 보이는 그 얼굴이 10년 가량은 늙어진 듯하였다. 나는 그 신산스러운(보기에 사는 것이 힘들고 고생스러운 데가 있는) 표정에 얼마쯤 감동이 되어서 그에게 대한 반감이 풀려지는 듯하였다.

"글쎄요, 아마 노동 숙박소란 것이 있지요."

노동 숙박소에 대해서 미주알고주알 묻고 나서,

"시방 가면 무슨 일자리를 구하겠는기오?"
라고 그는 매달리는 듯이 또 꽤찼다.
"글쎄요, 무슨 일자리를 구할 수 있을는지요."

나의 은근한 질문에 그는 이야기를 쏟아낸다

나는 내 대답이 너무 냉랭하고 불친절한 것이 죄송스러웠다. 그러나 일자리에 대하여 아무 지식이 없는 나로서는 이외에 더 좋은 대답을 해줄 수가 없었던 것이다. 그 대신 나는 은근하게 물었다.
"어디서 오시는 길입니까?"
"흠, 고향에서 오누마."
하고 그는 휘 한숨을 쉬었다. 그러자, 그의 신세타령의 실마리는 풀려 나왔다. 그의 고향은 대구에서 멀지 않은 K군 H란 외따른 동리였다. 한 백 호 남짓한 그곳 주민은 전부가 역둔토(역참에 둔 둔토)를 파먹고 살았는데, 역둔토로 말하면 사삿집 땅을 부치는 것보다 떨어지는 것이 후하였다. 그러므로 넉넉지는 못할망정 평화로운 농촌으로 남부럽지 않게 지낼 수 있었다. 그러나 세상이 뒤바뀌자 그 땅은 전부가 동양척식회사의 소유에 들어가고 말았다. 직접으로 회사에 소작료를 바치게 되었으면 그래도 나으련만 소위 중간 소작인이란 것이 생겨나서 저는 손에 흙 한 번 만져보지도 않고 동척엔 소작인 노릇을 하며, 실지인에게는 지주 행세를 하게 되었다. 동척에 소작료를 물고 나서 또 중간 소작료인에게 긁히고 보니, 실작인의 손에는 소출이 3할도 떨어지지 않았다. 그후로

"죽겠다, 못 살겠다" 하는 소리는 중이 염불하듯 그들의 입길에서 오르 내리게 되었다. 남부여대하고 타처로 유리하는 사람만 늘고 동리는 점점 쇠진해갔다.

스물여섯밖에 안된 그는 간도에서 온갖 고생을 하다가 고향에 다녀오는 길이다

지금으로부터 9년 전, 그가 열일곱 살 되던 해 봄에(그의 나이는 실상 스물여섯이었다. 가난과 고생이 얼마나 사람을 늙히는가?) 그의 집안은 살기 좋다는 바람에 서간도로 이사를 갔었다. 쫓겨가는 운명이거든 어디를 간들 신신하랴. 그곳의 비옥한 전야도 그들을 위하여 열려질 리 없었다. 조금 좋은 땅은 먼저 간 이가 모조리 차지하였고 황무지는 비록 많으나 그곳 당도하던 날부터 아침거리 저녁거리 걱정이랴. 무슨 행세로 적어도 1년이란 장구한 세월을 먹고 입어가며 거친 땅을 풀 수가 있으랴. 남의 밑천을 얻어서 농사를 짓고 보니, 가을이 되어 얻는 것은 빈주먹뿐이었다. 이태 동안을 사는 것이 아니라 억지로 버티어갈 제, 그의 아버지는 망연히 병을 얻어 타국의 외로운 혼이 되고 말았다. 열아홉 살밖에 안된 그가 홀어머니를 모시고 악으로 악으로 모진 목숨을 이어가는 중 4년이 못 되어 영양 부족한 몸이 심한 노동에 지친 탓으로 그의 어머니 또한 죽고 말았다.

"모친까장 돌아갔구마."

"돌아가실 때 흰죽 한 모금도 못 자셨구마."

하고 이야기하던 이는 문득 말을 뚝 끊는다. 나는 무엇이라고 위로할 말을 몰랐다. 한동안 머뭇머뭇이 있다가 나는 차를 탈 때에 친구들이 사준 정종병 마개를 빼었다. 찻잔에 부어서 그도 마시고 나도 마셨다. 악착한 운명이 던져준 깊은 슬픔을 술로 녹이려는 듯이 연거푸 다섯 잔을 마시는 그는 다시 말을 계속하였다. 그후 그는 부모 잃은 땅에 오래 머물기 싫었다. 신의주로, 안동현으로 품을 팔다가 일본으로 또 벌이를 찾아가게 되었다. 규슈 탄광에 있어도 보고, 오사카 철공장에도 몸을 담아보았다. 벌이는 조금 나았으나 외롭고 젊은 몸은 자연히 방탕해졌다. 돈을 모으려야 모을 수 없고 이따금 울화만 치받치기 때문에 한곳에 주접을 하고 있을 수 없었다. 화도 나고 고국 산천이 그립기도 하여서 훌쩍 뛰어나왔다가 오래간만에 고향을 둘러보고 벌이를 구할 겸 서울로 올라가는 길이라 했다.

그는 폐농이 된 고향을 이야기하며 눈물을 흘린다

"고향에 가시니 반가워하는 사람이 있습디까?"

나는 탄식하였다.

"반가워하는 사람이 다 뭔기오, 고향이 통 없어졌더마."

"그렇겠지요. 9년 동안이나 퍽 변했겠지요."

"변하고 뭐고 간에 아무것도 없더마. 집도 없고, 사람도 없고, 개 한 마리도 얼씬을 않더마."

"그러면, 아주 폐농이 되었단 말씀이오?"

"흥, 그렇구마. 무너지다만 담만 즐비하게 남았드마. 우리 살던 집도 터야 안 남았는기오, 암만 찾아도 못 찾겠더마. 사람 살던 동리가 그렇게 된 것을 혹 구경했는기오?"

하고 그의 짜는 듯한 목은 높아졌다.

"썩어 넘어진 서까래, 뚤뚤 구르는 주추(기둥 밑에 괴는 돌 따위의 물건)는 꼭 무덤을 파서 해골을 헐어 젖혀놓은 것 같더마. 세상에 이런 일도 있는기오? 백여 호 살던 동리가 10년이 못 되어 통 없어지는 수도 있는기오, 후!"

하고 그는 한숨을 쉬며, 그때의 광경을 눈앞에 그리는 듯이 멀거니 먼 산을 보다가 내가 따라준 술을 꿀꺽 들이켜고,

"참! 가슴이 터지더마, 가슴이 터져"

하자마자 굵직한 눈물 두어 방울이 뚝뚝 떨어진다.

나는 그 눈물 가운데 음산하고 비참한 조선의 얼굴을 똑똑히 본 듯싶었다.

우연히 만난 옛 연인도 비참한 생활을 하기는 마찬가지다

이윽고 나는 이런 말을 물었다.

"그래, 이번 길에 고향 사람은 하나도 못 만났습니까?"

"하나 만났구마, 단지 하나."

"친척되는 분이던가요?"

"아니구마, 한 이웃에 살던 사람이구마."

하고 그의 얼굴은 더욱 침울했다.

"여간 반갑지 않으셨지어요."

"반갑다마다, 죽은 사람을 만난 것 같더마. 더구나 그 사람은 나와 까닭도 좀 있던 사람인데……."

"까닭이라니?"

"나와 혼인 말이 있던 여자구마."

"하아!"

나는 놀란 듯이 벌린 입이 닫혀지지 않았다.

"그 신세도 내 신세만 하구마."

하고 그는 또 이야기를 계속하였다. 그 여자는 자기보다 나이 두 살 위였는데, 한 이웃에 사는 탓으로 같이 놀기도 하고 싸우기도 하며 자라났다. 그가 열네 살 적부터 그들 부모들 사이에 혼인 말이 있었고 그도 어린 마음에 매우 탐탁하게 생각하였었다. 그런데 그 처녀가 열일곱 살 된 겨울에 별안간 간 곳을 모르게 되었다. 알고 보니, 그 아버지 되는 자가 20원을 받고 대구 유곽에 팔아먹은 것이었다. 그 소문이 퍼지자 그 처녀 가족은 그 동리에서 못 살고 멀리 이사를 갔는데 그 후로는 물론 피차에 한 번 만나보지도 못하였다. 이번에야 빈 터만 남은 고향을 구경하고 돌아오는 길에 읍내에서 그 아내 될 뻔한 댁과 마주치게 되었다.

처녀는 어떤 일본 사람 집에서 아이를 보고 있었다. 궐녀는 20원 몸값을 10년을 두고 갚았건만 그래도 주인에게 빚이 60원이나 남았었는데, 몸에 몹쓸 병이 들어 나이 늙어져서 산송장이 되니까 주인 되는 자가 특별히 빚을 탕감해주고, 작년 가을에야 놓아준 것이었다.

궐녀도 자기와 같이 10년 동안이나 그리던 고향에 찾아오니까 거기에는 집도 없고, 부모도 없고 쓸쓸한 돌무더기만 눈물을 자아낼 뿐이었다. 하루해를 울어 보내고 읍내로 들어와서 돌아다니다가, 10년 동안에 한 마디 두 마디 배워두었던 일본 말 덕택으로 그 일본 집에 있게 되었던 것이다.

"암만 사람이 변하기로 어째 그렇게도 변하는기오? 그 숱 많던 머리가 훌렁 다 벗어졌두마. 눈은 푹 들어가고 그 이들이들하던 얼굴빛도 마치 유산을 끼얹은 듯하더마."

"서로 붙잡고 많이 우셨겠지요"

"눈물도 안 나오더마. 일본 우동집에 들어가서 둘이서 정종만 열 병 때려뉘고 헤어졌구마."

하고 가슴을 짜는 듯한 괴로운 한숨을 쉬더니만 그는 지난 슬픔을 새록새록 자아내어 마음을 새기기에 지쳤음이더라

"이야기를 다하면 뭐하는기오."

하고 쓸쓸하게 입을 다문다.

나 또한 너무도 참혹한 사람살이를 듣기에 쓴 물이 났다.

그의 참혹한 인생 이야기를 들으며 나와 그는 술만 마신다

"자, 우리 술이나 마저 먹읍시다."

하고 우리는 주거니받거니 한 되 병을 다 말리고 말았다. 그는 취흥에 겨워서 우리가 어릴 때 멋모르고 부르던 노래를 읊조렸다.

볏섬이나 나는 전토는
신작로가 되고요……
말마디나 하는 친구는
감옥소로 가고요……
담뱃대나 떠는 노인은
공동묘지 가고요……
인물이나 좋은 계집은
유곽으로 가고요……

이야기 따라잡기

　대구에서 서울로 올라오는 차중에서 생긴 일이다. 나는 기차에서 나이를 가늠할 수 없고 동양 3국 옷을 한몸에 감은 기묘한 사내 '그'와 함께 가게 된다. 이 좌석에는 국적이 각기 다른 4명의 사람이 앉아 있었다. '그'는 일본인에게는 일본 말로, 중국인에게는 중국 말로 말을 걸다가, 그들이 별다른 반응을 하지 않자 나에게 경상도 사투리 억양으로 말을 건다.
　나는 귀찮은 마음에 그를 외면하려 하지만, 나이보다 훨씬 늙어 보이고, 기쁨보다 슬픔을 표현하는 데 더욱 익숙하게 생긴 그의 얼굴을 보고 그의 신세 한탄을 들으며 차차 관심과 연민을 느끼게 된다.
　나는 가지고 있던 술을 꺼내어 둘이 함께 마시면서 '그'의 이야기를 듣기 시작한다.
　평화로운 농민이었던 '그'는 일본 동양척식주식회사에 땅을 빼앗기고 농사를 짓지 못하게 되었다. 먹고 살기 위해 부모와 함께 떠돌이가 되어 간도(間島)로 떠났으나 거기서 부모는 굶어 죽고, 구주 탄광을 거쳐 다시 폐허의 고향에 돌아왔다. 그러나 무덤과 해골을 연상하게 하는 고향에서 '그'는 이십 원에 유곽(遊廓)에 팔려 갔다가 질병과 부채(負債)만을 안고 돌아온 옛 연인과 우연히 만난다. 나는 슬픔으로 찌그러진 그의 얼굴에서 조선의 모습을 본다.

그는 괴로운 심정으로 일자리를 찾아 지금 경성으로 올라가는 중이다. 그는 취흥에 겨워서 어릴 때 부르던 노래를 읊조린다.

쉽게 읽고 이해하기

'그'에게서 보이는 조선의 모습

「고향」은 1926년 『조선일보』에 「그의 얼굴」이란 제목으로 발표되었다가, 단편집 『조선의 얼굴』에 재수록하면서 개명한 작품으로, 일제 식민지 수탈 정책을 비판하고 그 시대를 살았던 우리 민족의 아픔을 담아내고 있다.

이 작품은 당시 가혹한 식민지 사회 현실에 대한 강렬한 비판의식이 사실적인 표현 형식과 기법으로 매우 집약적, 효과적으로 드러나고 있다는 점에서 특히 주목할 만하다.

서두에서는 우리나라가 역사적으로 주변 강대국인 중국과 일본에 의해 차례로 침략, 지배당한 사실을 '그'라는 인물의 묘사를 통해 암시적으로 드러낸다. 대구에서 서울로 올라오는 기차 안에서 '나'는 동양 3국 옷을 한몸에 감은 기묘한 사내를 목격한다. 그는 두루마기 격으로 일본식 기모노를 두르고, 안에는 조선식 저고리를 입고, 아랫도리엔 중국식 바지를 입고 있다. 사내의 기묘한 옷차림은 중국과 일본으로 살 길을 찾아 떠돌아다닌 그의 험난한 삶을 말해준다. 또한 19세기 말 이래 조선에 대한 보호를 구실로 침략을 일삼은 주변 강국, 특히 일본을 매우 집약적으로 암시한다. 아울러 일제의 침략과 지배를 비판하는 서술자의 예리한 시대의식을 함축적으로 드러내준다.

이 소설에서 서술자의 역사의식은 '그'의 기구한 신세타령을 통해 부각시키는 과정에서 더욱 명확해진다. 그의 신세타령을 통해 서술자는 일제의 조선 침략과 악랄한 수탈 정책의 실상을 알려주고 그것이 평화롭게 살던 조선 민중에게 어떠한 결과를 안겨주었는가를 명시적으로 요약, 서술하고 있다. 역둔토를 파먹으며 넉넉하지는 못하지만 정답게 살던 고향 농민들은 세상이 뒤바뀌어 그들의 땅이 일본 동양척식회사의 소유가 되자 가혹한 소작료 때문에 살 길을 잃고 눈물로 고향을 등지며 유랑길에 오른다. 그러나 국외로 유랑길에 오른 농민들의 삶은 더욱 가난하고 비참한 것이었다. 그곳에서도 정착하지 못하고 국내 여러 지방으로 혹은 일본의 탄광이나 공장 지대로 떠도는 '그'의 삶은 일제시대 조선 민중이 겪었던 전형적인 삶의 모습이다. 서술자는 식민지 조선의 황폐화한 농촌을 "썩어 넘어진 서까래, 뚤뚤 구르는 주추는 꼭 무덤을 파서 해골을 헐어 젖혀놓은 것 같더마."라고 묘사하고 있으며, 그 속에서 모진 목숨을 이어가야 했던 조선인의 전형적인 모습을 "음산하고 비참한 조선의 얼굴"이라 표현하고 있다.

「고향」은 일제의 조선 침략과 경제 수탈 정책, 그로 인해 비참해진 민중의 현실을 1인칭 관찰자 시점에 의하여 집약적·암시적으로 제시하고 있다는 점에서 부정적 현실에 대한 작자의 강렬한 비판의식을 엿보게 해주는 작품이다.

그러나 '나'가 '그'를 바라보는 시각이 너무 개인적이며 감정적이어서 당대 현실을 바라보는 시각의 주관성이 떨어진다는 점은 한계로 지적된다.

가혹했던 일제시대

일제의 수탈로 인해 농토를 잃은 우리 농민은 소작인으로 전락하거나 날품팔이로 전전하며 유랑의 길을 걸었다. 당연히 끼니도 잇기 어려워 작품에서처럼 친딸을 다른 사람이나 유곽에 얼마의 돈을 받고 파는 경우도 있었다. 작품 마지막을 장식하는 노래는 이러한 수난사를 단적으로 보여준다. 「고향」은 이러한 우리 민족의 실상을 잘 드러낸 작품으로 당시 일제의 검열이 있었음에도 어떻게 이런 작품이 발표될 수 있었던가를 생각하게 하는, 치열한 작가 정신이 드러난 작품이다.

작가 알아보기

현진건(玄鎭健, 1900. 8. 9~1943. 4. 25)

호는 빙허(憑虛). 대구에서 출생했다. 1912년 일본으로 건너가 도쿄 독일어학교를 졸업하고 1918년 중국 상하이에서 독립운동을 하고 있던 친지를 찾아가 그곳에 있는 후장대학에 입학하였다. 하지만 학업을 중단하고 1919년 한국에 돌아온다.

1920년 『개벽』에 단편 「희생화(犧牲花)」를 발표했지만 황석우에게 "그저 사실을 있는 대로 그대로 기록한 소설도 아니요, 독백도 아닌 일개 무명의 산문이다."라는 혹평을 듣는다.

그러나 바로 다음해인 1921년에는 그의 자전적 작품인 「빈처」에 이어 단편 「술 권하는 사회」를 발표하면서 문단에서 각광받는 작가로 발돋움한다. 이어 1922년 『백조』 동인으로 활동하면서 사실주의 작가로서 뛰어난 역량을 발휘하고 이후 많은 작품을 내놓는다.

1925년 『동아일보』에 입사하여 기자생활을 하면서 사실상 창작활동을 중단한다. 1936년 동아일보 사회부장으로 재직 중 일명 '손기정 일장기 삭제 사건'으로 기소되어 1년간 복역하고 출옥했다. 이후 몇 편의 장편을 발표하고, 1943년 병으로 서울에서 사망한다.

대표작으로 단편 「빈처」(1921), 「술 권하는 사회」(1921), 「운수 좋은 날」(1924), 「B사감과 러브레터」(1925) 등과 장편 『적도』(1939), 『무영탑』(1939) 등이 있다.

1920년대 들어서 본격적으로 형성과정에 들어선 근대 리얼리즘 소설을 개척한 작가들 중 김동인이나 염상섭과 또 다른 작품 성향과 세계를 구축한 작가가 현진건이다. 굴곡 많고 길지 않았던 생애에서 일제 식민지 지배하에 있었던 한국 사회의 현실을 고발하고, 현실을 헤쳐나갈 구체적인 대안을 모색한 치열한 작가 정신은 당대 어느 작가보다 뛰어나다고 힐 수 있다.

단편집 『조선의 얼굴』 발간 이후 1933년 장편 『적도』를 발표하기까지 약 7년간을 단 세 편의 단편만 발표한 채 거의 창작활동을 하지 않았는데, 이것은 『동아일보』에 재직하면서 느낀 직무에 따른 부담과 당시 가정적인 비극(셋째 형 정건의 죽음 등)으로 인한 충격 때문일 것이라는 짐작이 있다.

꿈을 밀고 나가는 힘은 이성이 아니라 희망이며 두뇌가 아니라 심장이다.
— 표도르 도스토옙스키(러시아의 작가, 1821~1881)

인생은 집을 향한 여행이다.
―허먼 멜빌

작은 변화가 일어날 때 진정한 삶을 살게 된다.
―톨스토이

벗이 먼 곳에서 찾아오면 또한 즐겁지 아니한가.
—공자

숙고할 시간을 가져라. 그러나 행동할 때가 오면 생각을 멈추고 뛰어들어라.
— 나폴레옹